Fan
ファン文庫

お悩み相談室の社内事件簿

会社のトラブルすべて解決いたします

著　浅海ユウ

マイナビ出版

CONTENTS

第一章 眠り姫 005
第二章 風鈴の恋 089
第三章 バラ色の人生 159
第四章 トイレの奈々子さん 219

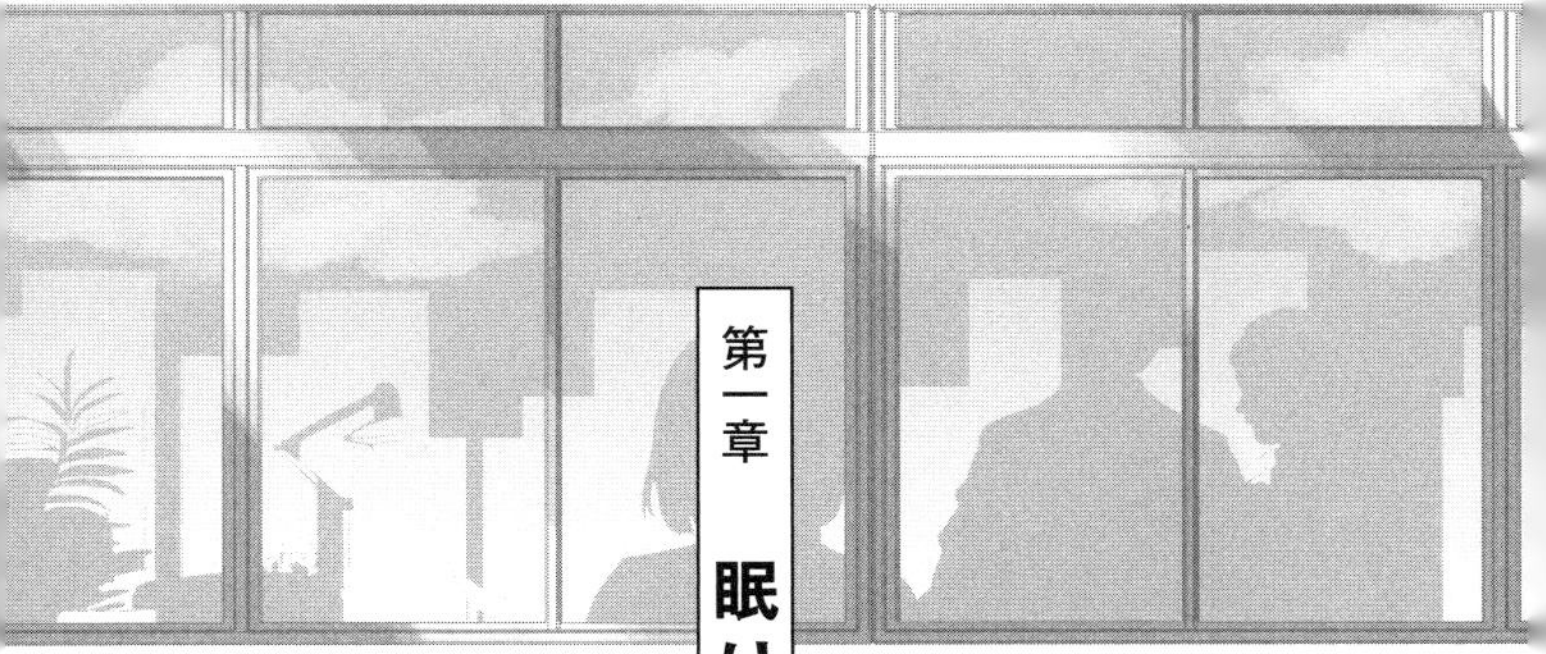

第一章　眠り姫

1

「はい。こちら、お悩み相談室。担当の松坂《まつざか》です」

昨日は一度も鳴らなかった電話が、今日の昼前になってようやく鳴った。

恐る恐る受話器をとってみると、

『あのぉ……』

と若い女性の押し殺すような声がヒソヒソと話しかけてくる。

どうやら深刻な悩みのようだ、と私は相談者の声に耳を澄ました。

『あのぉ……、隣の席の人が寝てるんですけど……』

これがこの部署にきて初めて電話をとった相手の第一声だ。

「は？　寝てる？」

消えいりそうなほど小さな声だったので聞きちがいかと思い、おうむ返しに確認した。

『あ。今、起きました。すみません。また寝たら、電話します』

そう言い残したかと思うと、慌ただしく通話は切られた。

「え？　ちょ、ちょっと」

——なに？　今の。あれが悩みなの？　隣の人が寝てるって、意味不明なんだけど……。

ひやかしだったのだろうか、と首を傾げながら受話器を置く。

私、松坂紫音《しおん》が異動になったこの『お悩み相談室』は、総合商社高岡物産の総務部が管轄する福利厚生部門のひとつだ。

『人間、悩みがあると仕事に集中できないものだ。これからの企業は社員の悩みにも耳を傾けなくてはならない』

という社長の発案で十年ほど前に創設された部署だと聞いている。

とどのつまりは、社員のメンタルや借金、セクハラやパワハラといった悩みが原因で、大きな事件や自殺に発展し、ニュースや新聞沙汰になって社名に傷がつくような事態に陥らぬよう、抑止力として設置された部署らしいのだが、私自身は異動の辞令がでるまで、その存在すら知らなかった。

高額の宝くじが当たって早期退職することにしたという噂のある前任者によれば、悩みの相談はわざわざ相談室まで足を運ばなくても、メールや電話でできるらしい。

それでも社内の人間に悩みを打ち明けるのはハードルが高いのか、赴任初日である昨日は一度も電話が鳴らなかった。

相談したことが誰かにバレるかもしれないと危惧《きぐ》しているのか、相談室の解決能力に期待していないのか……。従業員はグループ会社合わせて三万人以上いるというのに、あまり相談者はいないようだ。

――ヒマ……。

奇しくも三十歳の誕生日にここへ異動になって今日で二日目。もう心が折れそうだった。

はあっ、と溜め息をついて受話器を置き、朝日がさんさんと降り注いでいる室内を見回す。

この『お悩み相談室』は十二階建ての高岡物産本社ビルの三階、突き当たりにある。社長の鶴の一声ですぐさま開設されたせいか、急場しのぎだったのだろう。

ここは、もともと役員会議室だったらしい。広いオフィスの壁には無垢《むく》のヒノキが使われていたり、モダンな間接照明が室内を照らしていたりする。さすがに足首まで埋まりそうな役員室用のカーペットは剝がされて普通のPタイルが張られているが、それでも内装が無駄に豪華だ。

ビル自体が山の手にあるので、窓からは日本一高い電波塔が見える。

このもったいないほど景色のいい部屋にデスクは六つだけ。その内、五つの席が部屋の中央に固められ、そこから離れた場所にぽつんと室長席がある。

主任である私の席は部屋の真ん中に固められた机の島のひとつで、いわゆるお誕生日席。前には向かい合わせになった机が二席ずつ、合計四人の部下の事務机が並んでいる。

私の右斜め前の席で、デスクに突っ伏し、豪快に寝ているのは相談室常駐の弁護士、向井達也、三十四歳だ。昨日も出社するなり、こんなに明るい部屋で昼食もとらずに定時まで寝ていた。

細身の体型にダークスーツがよく似合う、ちょっとしたイケメンのせいだろうか、前任者によれば、彼は夜、歌舞伎町のホストクラブでアルバイトをしていると専《もっぱ》らの噂らしい。

それでも会社は、年間一千万円もの報酬を、この『寝たきり弁護士』に契約料として支払っているそうだ。

例えばこの会社の業務職の女性が、事務方として真面目に働き、毎日のように二、三時間残業をしたとしても、その年収は彼の半分ぐらいだろう。

――理不尽な話だ。

さっきの相談者はこういう状況に耐えられず、悩んで電話をしてきたのだろうか……。

自分は真面目に働いているのに、同僚は居眠りをしながら同じ給料をもらっている。許せない。イラつく。そんな相談なら、わからないでもない。

高給取りの弁護士の頭上からバケツの水をひっくり返してやりたい衝動に駆られた時、また電話が鳴り、今度は私の左斜め前に座っている小柄で小太りの男が受話器をとった。

「はい。こちら、お悩み相談室です」

彼は心療内科医の田口敦史《たぐちあつし》、四十歳。ずんぐりむっくりの体型を白衣で包んでいる心療内科医だ。

彼も向井と同じく、高い報酬で契約雇用されている医師だが、寝たきりの弁護士とちがい、電話がかからない時は、過去の相談内容を見直したり、自分が相談に乗った社員の症状をカルテに記載したりしている。そして、それが終わると、こうして電話に出て対応する。

男前ではないが、子猿のように愛嬌のある顔をしていて、見るからに温厚で実直そうな医師。この仕事にうってつけの人材のように見えた…………のだが……。

「え？　パワハラですか？」

おっと。異動してきて二日目。やっとまともな相談がきたらしい、と田口の声に耳を傾ける。

「え？　人事部の水原《みずはら》部長ですか？　いやぁ、彼に限ってそんなことはないと思うんですけどねえ」

――は？　あんた、なに言ってんの？

「ええ。僕、昨日も彼と一緒に飲んでたんですけどね？　誤解されやすいタイプなんですかねえ。口は悪いけど、ほんとは根のいい人なんですよ」

いきなり、相談者の出鼻をくじく、カウンターパンチだ。

「え？　あ、ちょっと！　待ってください！　もう少しお話、聞かせてください！」

追いすがったが、電話を切られたらしく、しょんぼりと受話器を置く田口医師。

そりゃそうよ。上司と親密な人間に、その上司のパワハラを直訴できるわけがない。

――やっぱ、終わってるわ。この医者も。

しかし、医者と弁護士は時間どおりに出社しているだけマシで、あとのメンバーふたりはまだ職場に姿すら見せていない。

そしてまた、だだっ広い相談室にたちこめる静寂。

――けど、気になる。さっきの電話。

私は電話の着信履歴を確認し、その内線番号から『隣の人が寝ている』と電話してきた女性を特定した。

――内線番号五〇二三……。リスクマネジメント部の森田可南子《もりたかなこ》か……。

待っていても埒《らち》が明かない。とりあえず、直接会って詳細を聞き、現状を確認することに決めた。

「室長！」

相談者の所へ行く許可を得るため、室長の梶原広志《かじわらひろし》に声をかけると、パソコンをのぞきこんでいた上司はビクリと肩を震わせた。

これは就業中に見てはいけないものを見ていたような反応だが、確信はない。

「さっき、隣の人が寝てるって電話してきたリスクマネジメント部の人の所へ行ってきます」

「うん。よろしく」

それは『よきにはからえ』的なトーンだった。が、梶原は、ふとなにかを思い出したように顔を上げた。

「あ。相談室の人間だってことは周囲に知られないようにね」

「どうしてですか？」

「同僚のことを密告したんじゃないか、って勘ぐる社員もいるから」

内部告発されるようなことをする人間のほうが悪いのではないか、とは思うが……。

「そうですね。まだ、事実関係が確認できていませんから」

「そうじゃなくて、たとえその人が本当に就業中、寝てたとしても、それぞれの立場に配慮してあげてね、って意味。相談室に告げ口した人間とか告発された人間ってレッテル貼られちゃうと、職場の人間関係がギクシャクしちゃうでしょ？」

そう言いながらも、その視線は画面に釘づけだ。

——仕事中に寝るような人間の立場にも配慮してやるなんて、どこまでお人よしな会社なんだろう。

それでも、今はこのネットサーファーが上司なのだから、従うしかない。

「わかりました」

「あ。それと。なるべく二人一組で行動してください」

「どうしてですか？」

いちいち納得がいかないから、聞き返す語気が知らず知らず強まる。

「ここは人の気持ちを扱う部署ですから。気持ちって数字で表せないし、明確な基準があるわけでもないでしょ。その分、厄介なんです。だから、事実確認をする時は複数の人間の目で、客観的に見ないとダメです」

わかるような、わからないような、微妙な説明だが、仕方ない。今はこのネットサーファーが……以下略。私は不承不承、バディを求めて室内を見回してみたが、空気の読めない医師、爆睡中の弁護士、あとのメンバーふたりは、まだオフィスに姿すら現していない。

二者択一。その選択肢が低レベルすぎて、どっちがマシなのか見当もつかない。

「じゃあ、向井弁護士を」

この部署の人間に期待はしていない。だから、一番、同行を断ってくれそうな人材を指名した。一応、声はかけた。爆睡していてついて来ないならそれまでのこと。放置してサッサと出掛けるまでだ。

「向井センセ。ご指名ですよ？」

机に伏せている向井の肩を、田口が腕を伸ばして揺する。

「うん？　え？　あ、俺？」

拒否するかと思いきや、向井は眠そうに後頭部をガシガシと掻きながら立ちあがる。

――お、起きた……。

それを見た梶原が柔らかい笑顔を浮かべ、「じゃ、行ってらっしゃい」と、手を振った。


エレベーターで五階に上がってすぐ左手にあるオフィスのドアは開け放されていた。

リスクマネジメント部。取り引き先の信用調査を行う部署だ。

そう書かれたプレートを見ただけで、鈍く胸が疼く。私が営業部で犯したミスに大きく関わっている部署だからだ。

――いや。今は忘れよう。

気を取り直し、リスクマネジメント部の手前に設置されている来客用の受付電話でメモしてきた相談者の内線番号を押した。

「先ほどお電話をいただいた者ですが」

それだけでピンときたらしく、内線電話に出た相手は、

『え？　わざわざ来てくれたんですか？』

と、驚いたように言って、電話を切った後、すぐに受付電話の所に現れた。

「私がリスクマネジメント部の森田可南子です」

おかっぱで銀縁のメガネ。小柄で生真面目そうな女性社員だった。

「総務の松坂と向井です」

私たちの会話を誰かが聞いているかも知れない。こっちが相談室の人間だとわかったら、可南子が内部告発をしていると思われかねない。私は梶原に言われたとおり、相談者の立場に配慮して、自分の所属部署を敢えて総務部までで止める。

「では、ＩＴサポートの人間を装って、私の席に座ってみてください。しょっ中居眠りするのは隣の席の女性です」

ＩＴサポート。それはパソコンを含むＩＴ機器や社内ネットワーク、いわゆるイントラの不具合などに対応する部署だ。ネット環境につながらない、などの不具合が発生した場合、たいていは情報システム部門が遠隔操作で直すのだが、ハード面に問題がある場合はサポートが派遣される。

「わかりました。観察してみます」

そう答えると、可南子は頷いてオフィスを出て行った。

「向井さんもシステム部の人間を装って私の隣に座っててください」

私が座る可南子の席の隣に、打ち合わせ用の椅子を持ってきて向井を座らせた。

――あれが眠り姫か……。

言われたとおりに相談者の席に座って、端末をいじるふりをしながら、イントラの社内配席表で隣の席の氏名と経歴を確認。

問題の女性、筧遥香《かけいはるか》は入社して二年目の二十四歳。ライナーで眉尻を下げ、頬紅を目の下あたりに入れている。優しげなメイクとゆるくウェーブさせた栗色の髪が、彼女の柔らかい雰囲気によくあっている。その上、目がトロンとしていて、まさに『眠り姫』と呼ぶに相応《ふさわ》しい風貌だ。

私が可南子の席についた時、遥香は電話に対応中だった。

「承知しました。客先に支払能力があるか、すぐに与信調査を依頼します」

サラサラとメモをとりながら、丁寧に電話対応をし、小さくお辞儀をして受話器を置いた。その途端、彼女の体がふうーっと右に傾き、またかかってきた内線電話の音で、ハッとしたみたいに目を覚まし、再び受話器をとる。

「はい。リスクマネジメント部、筧です。……はい。……はい。承知いたしました」

そうやって、電話が終わるとまた遥香はコックリコックリと舟を漕ぎはじめる。

それを何度も繰り返していた。電話で喋っている間はしっかりと起きているのだが、通話が終わった途端、糸が切れたように睡魔が襲ってくるようだ。その眠気を追い払うように、彼女は幾度となくブルブル頭を振った。

――すごい。これで仕事が回ってるなんて、もはや特技……いや、神業だ。

「向井さん。見ました？　今の」

小声で横の向井に話しかけると、彼の上体も右へ左へと大きく揺れ動いている。遥香とシンクロするように。

「…………」

向井の体を揺り動かしつつ、端末をメンテナンスするふりをしながら遥香を観察した。

――え？　な、なにしてんのッ？

一瞬、我が目を疑った。突然、遥香がシャーペンで自分の手の甲を突き刺したのだ。

「げっ……。見て！　向井さん！」

向井も目が覚めた瞬間、私と同じ場面を目撃したのだろう。みるみる顔色が悪くなる。

「え？　向井さん、大丈夫ですか？」

尋ねると、吐きそうな顔になった向井は口を押さえて立ち上がり、

「いや、無理」

と、小さな声で言い捨て、小走りにフロアを出て行った。どうやら血が苦手らしい。

――役立たず。

溜め息をついてふと見れば、遥香の左手には小さな絆創膏がいくつも貼られている。たぶん、睡魔と戦った時の負傷だろう。

――尋常じゃない。極度の睡眠不足でこんなことになってるのだろうか。

それが最初に遥香の様子を見た時の感想だった。

ただ、本人は一生懸命、眠るまいと努力しているようだ。そこのところは、人目を憚《はばか》らず爆睡する向井弁護士と異なるが……。

その時、再びウトウトしかけた遥香が手に持っていたファイルを落とし、中の書類がフロアに散らばった。

これでは同僚の士気に関わるだろう……。

2

「確かにひどいですね、筧遥香さん」

昼休み、私は相談者である可南子をランチに誘い、更に事情を聞いた。

「一時間置きぐらいに、二十分近くあんな感じになるんです」

「一時間に二十分も？」

私が見たかぎり、それでもなんとか仕事はこなせているらしいから驚きだ。

「彼女、いつ頃からあんな感じなんですか？」

「ずっとです」

「は？　ずっと？」

「はい。入社以来、ずっと、あの調子なんです」

「二年間もあの状態……」

ワンプレートに美しく盛り付けられたランチを前に、可南子が溜め息をつく。

「最初はもうちょっとマシだったような気がするんですけど」

「つまり、居眠りはだんだんひどくなってるんですね？」

「ええ。私、遥香とは同期入社で、最初は仲良かったんですけど……。何度も『上司に怒られる前に夜更かし、やめたほうがいいよ』って、注意してるうちに険悪になっちゃって。今では遥香、この部署で孤立状態です」

可南子が表情を曇らせる。

どうやら本気で心配しているだけで、苛立っている様子はない。

——不思議だ。

ふたりは同じ年齢、同じ職位。つまり、同じぐらいの給料をもらっているであろう同僚が、二年もの間、仕事中に居眠りしているというのに。

「あなたは本当に、寛さんを失脚させようとして相談室へ連絡したわけではないんですね？」

「は？　失脚？」

びっくりしたように聞き返す。確かに、同僚の足を引っ張るためなら、相談室より上司に告げ口したほうが早い。

「いえ。なんでもありません。それで、あなたが筧遥香さんに注意した時、彼女はなんて言ったんですか？」

「夜更かしなんかしてないって言い張りました。でも、彼女、夜は銀座でアルバイトしてるって噂もあるんです。さすがにそれを問い詰めることは出来なかったけど」

会社は基本的に副業を禁じていない。

だが、それが原因で仕事に影響が出ているのだとしたら、間違いなくクビだ。可南子はそれを配慮して踏み込まなかったのだろうか。

「ふうん……。原因は夜の仕事か……。筧さんがバイトしてるって噂の店、名前わかりますか？」

そう尋ねると、可南子は一瞬、言いにくそうに黙ったが、短い沈黙の後、覚悟を決めたように顔を上げた。

「銀座です。確か、ロイヤルガーデンビルの中にある『更紗《さらさ》』っていうお店で働いてるって噂です」

私はビルと店の名前を手帳に書きとめた。

「お願いします。遥香を助けてください。悪い子じゃないんです」

遥香の居眠りを注意したせいで関係が悪化しているというのに、可南子はまだ同僚の肩を持つ。これが女の友情というヤツなのだろうか。私には理解しがたい。

「けど、もし、夜のバイトのせいで業務に支障が出ているということであれば、解雇されても文句は言えないと思います」

「それは……そう……ですが……。そうなる前になんとかできないでしょうか……」

この女、どこまでお人よしなんだろう、と首を傾げながらも、

「とりあえず、真実を突き止めてから考えましょう」

と結論は先送りにした。

「わかりました……」

可南子は食事が進まない様子で、寂しそうに顔を伏せた。

3

「というわけなんです」

相談室に戻り、リスクマネジメント部で見聞きしてきたことを梶原に報告したが、彼はパソコンのモニターを見つめたまま、「困りましたねえ……」と呟いただけ。

——ほんとに困ってんのかな、このオッサン。

この男。お悩み相談室室長の梶原は、定年まであと一年を切っているらしい。すでに消化試合モードの管理職だ。

そもそも、高岡物産の管理職は、重役以外は五十五歳で『役定』、つまり役職定年のはずだ。役定になると管理職の肩書が外れ、それまで課長、室長、部長といったライン長だった人間が『主査』や『一般』という職位になり、部下を持たない立場となる。

なのに、ここにはまだ、こんなどうしようもない人材が室長として在籍している。これひとつとってみても、いかに期待されていない部署かがわかろうというもの……。『窓際』とは、まさにこの部署のことだ。

——私がこんな所に追いやられるなんて……。

情けない気持ちでいっぱいになりながら相談室を出て、エレベーターホールまで行き、窓枠にもたれる。

眼下に広がる都心のビル群を眺めながら、気づけばまた溜め息をついていた。

一昨日までは緊張感あふれる営業フロアの真ん中で、営業一課の課長として、バリバリ仕事をこなしていたのに、自分はどうしてこんな所にいるんだろう……。

——そう言えば、ベルギーのブリュッセルに建設中のプラントは、どうなったんだろう。

ふと、異動になる直前まで抱えていた仕事のことが頭をよぎった。工場の製造ラインはそろそろ設計図が完成する頃だ。後任の課長、桜井健人《さくらいけんと》は同期で唯一、出世争いでしのぎを削った相手だが、いくら彼が優秀でも、まだ一課の仕事を全ては把握していないはず……。欧州チームの部下だけで仕上がりをチェックできるだろうか。

引き継ぎで桜井に任せたビッグプロジェクトが気になって、急にそわそわと気持ちが落ち着かなくなった。

後任の課長が判断できなくて困っているかも知れないと思うと、居てもたってもいられなくなり、私は衝動的にエレベーターへと向かっていた。

飛び乗ったエレベーターの中で、上っていく階数表示に目をやっているうちに、十階でポン、と軽い電子音がして、ケージの扉が開く。

「あ……。松坂課長……」

ホールで鉢合わせになった男性社員が驚いたように私を見た。もうここに居るはずのない亡霊でも見るような顔をして。

「ああ。ちょうどよかった。ブリュッセルのプラントのことなんだけど……」

懸念していた仕事の話を持ち出すと、一昨日まで部下だった男は、

「ああ。それでしたら今朝、プランBで決定して、桜井課長のゴーサイン、出ましたよ」

と軽く笑った。

「おっと。こんな時間だ」

元部下は慌ただしく時計に視線を落とす。

「クライアントを待たせてるので、もう行かないと。失礼します、松坂課……じゃなくてシュ・ニ・ン」

彼は私に、自分が降格されたことを思い出させるように、言いなおした。

「…………」

呆然とした。こんなに嫌味な男だっただろうか、と。

「ああ。ごめん、忙しいのに引き止めて」

寒々しい気持ちになりながら、エレベーターに駆け込む後ろ姿を見送った。

自分の部下だった時、あの男は典型的なイエスマンだった。つい一昨日までは一から十まで指示を仰いできたのに、私が彼の人事権を失った途端、豹変してこの態度だ。

人間関係の希薄さを痛感しながらも、それでも往生際悪く、営業フロアの通路を更に進んだ。そして、背伸びをするようにして広大なフロアの真ん中あたりに目をやる。

かつて私が統括していたセクション。営業一課では、部下だった者たちが、これまで以上にキビキビと立ち働いている。

相談室とちがって、ひっきりなしに電話が鳴り、仕事に追われている社員たち。雑然とした中にも、ピンと張りつめた空気。

すらりとした長身の男、新任の課長である桜井健人の前に並んで、指示を受けているプロジェクトのメンバー。

――なにも変わらないんだ……。私が居なくても。

その瞬間、もう、営業部に自分の居場所はないのだと実感した。

悔しさで目頭が熱くなり、涙が込み上げそうになるのをぐっとこらえる。

――バカみたい。未練がましくこんなとこまで来て。もう転職しよっかな……。

ふうっ、と、諦めを溜め息に変えて口から吐き出し、歩いてきた通路を戻った。

再びエレベーターが開き、正面から出てきた二人組が私に会釈をして足早に通り過ぎる。

こちらも一昨日まで部下だった若手だが、もう声をかける気にならなかった。

ふたりは私とすれちがった後で、声を潜め、コソコソと話しはじめた。

「げ。マッカーサーじゃん。まさか、営業にカムバック？」

「無理だろ。あんな損失出して」

「だよな。デカすぎるミスだったよな。けど、もし、マッカーサーが上司に返り咲くんなら、俺、異動願い出すわ」

「ハハハ。ないない。けど、マジ、地獄だったよなー。マッカーサー統治の時代」

営業フロアへと歩き去りながら囁きあう声を背中で聞いた。

――マッカーサー？　この子たち、私のこと、陰でマッカーサーって呼んでたの？

「マッカーサー……」

口から出して呟いてみる。

私は父親の仕事の関係で、生まれてから十八歳になるまでをアメリカで過ごした。

父の赴任先は、奇しくも、マッカーサー生誕の地、アメリカ南部に位置するアーカンソー州最大の都市、リトルロックだった。

戦後、日本を統治したマッカーサー元帥は地元の英雄であり、私自身、マッカーサーの軍人としての潔い生き方は嫌いではない。だが、さっきの話の流れからして、決していい意味ではなさそうだ。

──なによ。早く一人前になれるように的確な指導をしてやったのに。恩知らず。

やはり、このまま逃げるように転職するなんて有りえない。辞めるにしても名誉を挽回してからだ。──アイ・シャル・リターン！

フィリピンで敗北を味わい、逃走せざるを得なかったマッカーサーが、自分を奮い立たせるように宣言した『私は必ずここへ戻ってくる』という意味の言葉を心の中で叫ぶ。

──アイ・シャル・リターン！　私は必ずや営業一課に戻ってみせる。我が生まれ故郷の英雄、マッカーサーの名にかけて。

汚名を返上し、営業一課の課長に返り咲く方法を考えながら、相談室へ戻る途中、ハンカチで手を拭きながらトイレから出てくる田口と鉢合わせになった。

「あ、どうも」

人のよさそうな笑顔。小さく会釈をして歩き去ろうとする彼を呼び止めた。

「あ、田口先生」

「はい。なんでしょう？」

こちらを向いた優しげな微笑に、ついさっきまで刺《とげ》だらけになっていた心が妙になごむ。

「日本人にとってマッカーサーって、どういうイメージですか？　私は帰国子女なので、日本人の持つ感覚がよくわからなくて」

「はい？　マッカーサー？」

彼は驚いたように聞き返した。どうやら質問が唐突すぎたようだ。

「部下だった社員たちが私のことを『マッカーサー』と呼んでいたようなんです。それって、どういう気持ちで言っていたのか知りたくて」

これが酷《ひど》い悪口だったら、営業一課に戻ったと同時に粛清してやる。そんな気持ちを押し隠して質問に補足すると、田口はちょっと気の毒そうな顔になった。

「マッカーサーかぁ。そうですねえ。戦後の日本人から見れば、いきなりアメリカから乗り込んできて、それまでの基準や考え方をぶち壊した暴君的な司令官に見えたでしょうね。うん。間違いなく脅威だったでしょうねえ……」

「暴君……。脅威……」

私のあだ名だと前置きしたにもかかわらず、まったく容赦のない回答だ。

この人、本当に心療内科医なのだろうか、という私の心の声が聞こえたかのように、彼は、

「あ。でも、今の日本の繁栄は、あの辛い時代があったからこそだと僕は思ってますけど」

と私感を付け加える。

「心療内科医なら、先にそっちの肯定的なセリフを言うべきじゃないんですか？」

先に言った言葉のほうが相手にとってインパクトが強いということは、心理学的にも立証されている。

「え？」

なにが？　という顔でキョトンとしている。それ以上、なにか言う気力はなくなった。

「いえ、もう結構です。自分が部下たちに歓迎されていなかったことはよくわかりました」

だが、このままでは終われない。私は必ず元の場所へ戻ってみせる。そのためには今いる場所で実績を上げ、自分の優秀さを証明するしかない。大した人材のいない部署なのだから、それは容易なはず。

――アイ・シャル・リターン！

闘志がふつふつと湧き上がるのを感じながら、相談室に戻った。

「すみませーん！　電車、遅れて！」

三時過ぎになってわざとらしく息を切らしながらオフィスに駆けこんできたのは、社内で『交際したい女性ナンバーワン』の呼び声が高い深沢麗華《ふかざわれいか》、二十三歳だ。

清純派の女優みたいに整った愛くるしい顔をして、真っ直ぐに伸ばした美しい髪を蝶々をかたどったゴールドのクリップでひとつに束ねている。

シミひとつないきめ細かな肌。小さな顔の中の子猫のようにぱちっとした大きな目と、形のいいピンク色の唇が印象的だ。

「遅れたのは、電車に？　電車が？」

長い睫毛《まつげ》に縁どられた大きな瞳を睨みながら問い詰めると、彼女はピンク色の舌先をペロッと見せて、「に、でぇす」とバツが悪そうに笑う。

――電車『に』乗るのが六時間も遅れたわけ？

そそくさと席についた麗華は就業時間中にもかかわらず、爪の形を整え、桜色のジェルネイルの上に透明なトップコートを塗り重ねはじめた。

昨日は昼過ぎに出社してすぐに、顔のリフトアップ用らしき器具でずっと、今でも十分にキレイなホッペをコロコロやっていた。そして、ひととおりのスキンケアが終わった頃、体調が悪いと言って早退した。

そんな彼女のＩＤカードを喜々として預かり、定時までいたことにしてやっているのが、例のネットサーファー梶原室長だ。彼はこの部署を統括し、管理するべき立場の人間でありながら、完全に麗華の管理下にある上司だということが、昨日一日でわかった。

――もういい。誰のことも相手にすまい。私は私の道を行く。

そう決めて、梶原の前に立った。

「室長。今日の夕方、裏を取りに行きたいんですが」

「裏？」

梶原がこちらを見もせずに、聞き返す。

「筧遥香さんにまつわる噂が真実かどうか確認したいんです」

遥香の居眠りさえ直れば、辞めさせる必要はない。が、どうしても改善されない場合は彼女の上司に報告するしかない。どちらにしても、居眠りの原因を突き止めなければ動きようがない。まずは事実確認が必要だ。

ね」

「わかりました。ただし、たとえ時間外でもルールはルールだから、二人一組で行動して

「今日の終業後、銀座へ行きます。アルバイトの噂が本当かどうか確かめるために」

「どうやって？」

そこだけはやけに念を押す梶原に心の中でチッと舌打ち。

バディと言ったって『空気を読めない医師』と『寝たきり弁護士』、それに『己の美を保つことにしか興味のないＯＬ』が加わり、相変わらず低レベルの三択しかない。

未だ姿を見せないもうひとりのメンバーからは、つい先ほどメールで、『今日は指先に湿疹が出たので休みます』という連絡が入ったところだ。昨日は『目が痒《かゆ》い』と言って休んでいたので、私はまだその社員の顔を見ていない。

「深沢さん」

私は掃き溜めの美女を指名した。

「え？　私ですかぁ？」

麗華が驚いたように聞き返す。彼女を選んだ理由は『アフターファイブの仕事を断りそうだから』だ。これだけの美貌だ。きっと異性との予定が入っているにちがいない。職場では従順に振る舞うかも知れないが、途中で帰りたいと言い出すに決まっている。

「どうして私なんですかぁ？」

不思議そうに大きな瞳がこちらを見上げる。

「え？　どうしてって……。あなたが一番、銀座っぽいからよ」

適当な理由をつけると、麗華は「はあい。わかりましたぁ」と素直に返事をした。

――なんだか嬉しそうなんだけど……。

意外に思いながら席に戻ると、ずっと机に伏せていた向井がやっと顔を上げた。そして、私の顔を見てなにを言うのかと思えば、あくび交じりに、

「念のために言っとくが、居眠りぐらいでクビにするのは無理だからな」

と忠告する。

「それ、自分のために言ってます？」

「そうじゃなくて。そういうレベルでクビにはできないんだよ。俺みたいな契約社員とちがって、大企業が正規雇用の社員を辞めさせるのは至難の業だ。労働基準監督署にでも飛びこまれたら、面倒なことになるぞ？　辞めさせるにはそれ相応の理由が必要だ。まずは確実な証拠を摑まないと」

やる気はないが弁護士としての知識はちゃんとあるらしい。

「もちろん、そのつもりです。そのための調査です」

そう言い返し、定時後、麗華と一緒に銀座へと赴いた。

地下鉄の駅から出てキョロキョロしている私を、麗華が迷うことなく案内する。

道に面して大小のビルがずらずらと並んでいた。どの建物の壁にも正方形の看板が積み上がっていて、ひとつひとつチェックすると膨大な時間がかかりそうだ。

「ロイヤルガーデンビルですよね？　たしか、こっちですよー」

スマホの地図アプリを立ち上げようとする私を後目《しりめ》に、麗華はすいすい歩いていく。

「あった！　ロイヤルガーデンビル！　ほら、あそこですよ」

麗華が少し先にある建物をすっと指さした。

「ああ。ほんとだ。あれね。同じようなビルが多いのに、よくわかるわね」

私が正直な感想を述べると、麗華は意味ありげにフフフと笑う。

「私、この近くに住んでるんです。学生時代から」

「学生のくせに銀座なんてリッチね」

「そうですかあ？」

とぼけているのか本気なのかわからない麗華と並んで目的のビルへと向かう途中、また彼女が遠くを指さして声を上げた。

「あれ？　向井弁護士じゃないですか？」

「ほんとだ」

眠り姫より先に眠り王子を発見してしまった。

大通りを挟んで反対側の歩道を颯爽《さっそう》と歩いているのは向井達也。彼は私たちに気づく様子もなく、真っ直ぐに前を向いて歩いていく。

向井もこれからご出勤なのだろうか。昼間とは別人のようにキリリとしていて、眠り王子というよりは『夜の帝王』という風情。

——彼が勤めているホストクラブは歌舞伎町だという噂だったが……。やはり、遥香は向井と同じ種類の人間なのだろうか……。

「ま、帝王のほうはほっときましょ」

向井は私たちに気づく様子もなく、そのまま人ごみに消えていった。

その直後、走ってくる一台のタクシーがあった。車窓から見えた横顔に見覚えがある。

——あ……。

私たちを追い越したタクシーがガーデンビルの前でスピードを緩め、停まったところで遥香らしき女性が降りてくる。

美しく結い上げた髪に白いうなじ。会社にいる時とは別人のように色っぽい和服姿だ。

どこからどう見てもホステスだった。彼女はビルの前に立っている顔なじみらしい客引きの男たちに声をかけた。その仕草が、あまりにも堂に入っている。昼間見た時のぼんやりと儚《はかな》げな雰囲気はまったくない。そのせいか、どうしても本人だという確信が持てない。

「あの人ですか?」

筧遥香本人を見たことのない麗華が私に尋ねる。

「多分……。でも、もう少し、よく見て確認します。ついて来て」

麗華と一緒に遥香らしきホステスの後について雑居ビルに入り、狭いエレベーターに乗る。

目の前のアップにした髪の毛の色が、職場で見た時よりもワントーン暗い気がした。

――顔や体型はそっくりだけど、雰囲気がちがいすぎる……。

チン、と軽い音がしてエレベーターが止まる。

正面に現われた重厚な扉にはゴールドで『会員制クラブ更紗』の文字。

私たちは遥香らしきホステスの後から店に入った。

オープン前なのか、店内は慌ただしく客を迎える準備をしている。

「お客様。会員カードはお持ちでしょうか？」

一目で常連客ではないと見破られたらしく、中に入るのを阻《はば》むかのように黒服の男が立ちふさがり、声をかけてくる。

「私、あのホステスさんの知り合いなんですけど」

草履《ぞうり》も履きなれている様子で、スタスタと奥へ入って行く遥香らしき女性を指さして言ってみた。

「え？　ママのお友だちですか？」

「遥香さん、この店のママさんなんですか？」

「遥香？　ママの名前は更紗ですが」

話がかみ合わない。

「それ、源氏名でしょ？」

「本名ですよ。別の店とお間違いじゃないですか？」

黒服が更に怪訝そうな顔になる。

「私たち、彼女と同じ会社の同僚なんです」

「会社？」

目つきの鋭い黒服はますます訝るような顔になって眉間に皺を寄せた。その時、背後で再びエレベーターが開く気配がして、

「なんや、支配人。モメごとか？」

と関西訛りのしわがれた声がした。

反射的に振り返ると、ガッチリした体型のいかにもガラの悪そうな男が立っている。サングラスに真っ青なスーツ。中にはピンク地のド派手なガラシャツ。どう見ても、ショバ代を取り立てに来たヤクザのようだ。

「ああ。三井《みつい》社長、どうもお疲れ様です。いや、なんか、このお姉ちゃんが、ウチのママと知り合いだって嘘をついて中に入ろうとするんですわ」

「なんやて？」

——万事休す……。

前には不審そうな顔をした支配人という名の用心棒。後ろには見るからに非社会的勢力代表……。

「か、帰ろっか……」

諦めて麗華を振り返ると、彼女は大きな瞳でじっくりとガラシャツの男を見ている。怖いもの知らずにもほどがある。

「ちょ、ちょっと、見るんじゃありません。帰るわよ」

私は子供に言い聞かせるように言ったが、麗華は突然、笑みを浮かべ、

「もしかして、ミイちゃん？」

と、懐かしげな声を出した。昔飼っていた猫の名前でも呼ぶかのように。

「うん？」

今度はガラシャツがサングラスを取って、マジマジと麗華を見た。

「れ、麗華ちゃんかいな？」

「はい！　お久しぶりぃ」

麗華が満面の笑みを浮かべる。

「なんや、麗華ちゃん。銀座来るんやったら言うてえな。どこぞ、うまい寿司屋でも、予約しといたのに」

「あら、残念。でも、今日はお仕事なの。そっか。そう言えば、このテナントビルもミイちゃんとこの貸しビルだったね」

まったく接点がなさそうに見えるふたりが親しげに盛り上がっている。

「み、三井社長。お知り合いで？」

さっきまで強気だった黒服が恐る恐るガラシャツに尋ねた。

「伝説のアルバイター、麗華ちゃんや。さっさと席に案内せんか」

「は？　伝説？」

「なんでもええから、はよボックス席空けたらんかい」

形勢逆転、私たちはガラシャッと一緒に一番広いソファに通された。

「麗華ちゃんに会えるやなんて、今日はほんまにラッキーデーや」

三井社長の説明によると、どうやら麗華は大学時代、銀座でアルバイトをしていたらしい。彼女がアルバイトに入った高級クラブは必ず売上が倍増するという伝説があったとか。その時にこの界隈のビルを所有し、経営している『ミイちゃん』こと三井社長と親しくなったのだという。

「あの頃の麗華ちゃんはすごかったなぁ。いっぺん客として来た相手は顔だけやのうて、名前から趣味から家族構成まで、全部、覚えてるんやから。しかも、この愛くるしいルックスで男顔負けの酒豪ときたもんや。覚えてるか？　シャンパンタワー、ひとりで飲み干した事件」

「もう、ミイちゃんったら、やめてよ。三年も前の話でしょ？　私、今は立派なＯＬなんだから」

いやいや、『立派』が聞いたら呆れる、そんな才能があるならいっそホステスに戻って欲しい、と思いながら、豪華な店内を見回す。

煌《きら》びやかなシャンデリア。壁には由緒ありげな絵画。五十人は入れそうな広々した空間に漂う上質なアルコールの匂い。かなりの高級店と見た。こんなところでママとして働いている遥香が、昼間もＯＬとして働く必要があるだろうか。

店内を観察していると、私が遥香だと信じて尾行してきたホステスが、ボックス席に現れた。そして、

「私は更紗。遥香は一歳ちがいの妹なのよ」

とおしぼりを差し出して隣に座るのと同時にそう明かした。私たちのやりとりをすべて聞いていたらしい。

「妹？」

「一歳ちがいで、顔もそっくりだから、よく間違えられんのよ。けど、雰囲気はちがうでしょ？　妹は私とちがって真面目だから」

「はあ……」

言われてみれば、おっとり落ち着いた雰囲気の遥香とちがい、更紗はよく笑い、その表情はクルクルとよく変わった。声も大きくてよく通る。

「遥香って、会社ではどんな感じ？　総合商社だって自慢してたけど」

最初は一流企業に就職した妹のことを心配しているのかと思ったが、徐々に雲行きが怪しくなってきた。

「でもさ。遥香って勉強は出来たけど、頭かたくて、融通きかない子だし、ほんとは会社でも浮いてるんじゃない？　子供の頃も、自分の服やオモチャは絶対に貸してくれないような子だったのよ」

　彼女は細長いメンソールのタバコをふかしながら、遥香の悪口を言いはじめた。どうやら、姉妹仲が悪いようだ。

「高校時代も、私が夜、家を抜け出したら、すぐ親に言いつけるし。ムカつくほど品行方正でさぁ」

「はあ……、そうなんですか……」

　そんなカタブツの妹が会社で仕事中に居眠り。なんだか、しっくりこない話だ。

「まあ、まあ、飲んでよ。三井社長のお知り合いなら、どんどんサービスしちゃうわ。ワインなんかどう？　フルーツも銀座の老舗《しにせ》から仕入れてるの、おいしいわよ？」

　そうやってさんざん飲み食いさせてもらったのはいいが、更紗はもう何年も妹には会っていないと言い、遥香の居眠りについての情報は得られなかった。

「ミィちゃん、すごーい。相変わらずの飲みっぷりぃ。じゃ、次はマッカランの一気飲み対決ね？」

　ビル会社のオーナーと盛り上がり、まだまだ飲み足りないと言う麗華を店に残し、私は駅への道を戻った。その途中、

「紫音？」

　横断歩道で反対側から歩いてきた通行人の波とすれちがいざまに名前を呼ばれ、ドキリとしながら声のほうへ目を向けた。そこには数人の外国人を連れた、長身の男。

「桜井……」

桜井健人。私の後任の営業課長であり、同期の中で一、二を争うエリートだ。

二年前、私と桜井はともに基幹職に抜擢された。二十代での課長昇進は会社はじまって以来のことだ。その際、私のほうが営業の花形部署であり、欧州を管轄する一課の課長に選ばれた。次点だった桜井は北米を担当する二課の課長を任された。

──あの時、会社は私のほうが優秀だと判断した。それなのに……。

「仕事か？」

桜井が以前と同じトーンで話しかけてくる。私が異動になったことなど知らないかのように。

「いえ。ちょっと買い物に寄っただけ」

仕事中に居眠りしている社員の調査だなんて絶対に言いたくなかった。

「紫音。少し、いいか？」

同期の親しみがこもったようなトーンでそう前置きした桜井が、同行している外国人に向かって、

「Es ist das Gebäude. Gehen Sie bitte früher」

と、流暢《りゅうちょう》なドイツ語で、先に目的地であるビルへ行くよう指示した。

──そうか、今日だったんだ……。

彼がこれから接待するらしいクライアントがドイツ人だとわかった瞬間、過去の栄光が脳裏に蘇ってきた。

私は先月、ひとつのビッグプロジェクトを成功させた。

これまで誰がやってもうまくいかないと言われていたドイツの機械メーカーとの取引を成立させたのだ。私が受注した、この会社はじまって以来と言っても過言ではない、大きな仕事だった。

そのメーカーの社長を日本に招き、打ち合わせと接待を行うスケジュール調整の途中、私はミスを犯し、失脚した。

――本当は私がここで、クライアントを接待するはずだった……。得意な語学力を駆使して。なのに、今日、私は同じ銀座で……。

かつて味わったことのないほどの敗北感と屈辱に拳が震える。

が、私が悔しさで一杯になっていることに気づかないのか、桜井は心配そうな顔になって、

「例のヴェリス社の件、一応、手を尽くして被害は最小限にとどめたよ」

と私が閑職に降格するハメになった案件を蒸し返す。

「それはどうも」

大損失となるところを、一定の金額が回収できたのであれば、会社にとって有益なことであり、そのお蔭で私は解雇されなかったのかも知れない。が、それは彼の手柄でしかない。

「今回のこと、原因を究明して責任の所在を明らかにしたらどうだ？」

スラックスのポケットに両手を突っ込み、足元に視線を落としたまま提案する。自分がイケメンだという自覚のある男にありがちな所作だ。

「言われなくてもそのつもり。けど、部下のミスは私のミスよ。どんなに信頼してたからって、『信用状が出た』という言葉だけを鵜呑《うの》みにした私がバカだったのよ。それについては、言い訳しないわ」

私が言い返すと、桜井はやけにしんみりとした顔になった。

「そっか。紫音らしいな。お前が『お悩み相談室』なんて、ちょっと考えられないけど、どんな部署でも前向きに努力してれば、いつかきっと報われるよ」

そのひどく上から目線の発言にムッとして、だらりと下げている両方の手で怒りを握りしめる。顔にプライドという名の微笑を張りつけたまま。

――私のミスで回ってきたポジションに座っているくせに、なに上から喋ってんのよ。

私のはらわたが煮えくり返っていることなど気づかない様子で、桜井は『じゃあな、頑張れよ』と爽やかに笑った。そして、私の肩をポンと叩き、先に行ったドイツ人たちを追いかけていく。

私はすぐさま、桜井に励まされた肩を右手でササッと払い清めた。

――今に見てるがいい。絶対にこのままでは終わらない。私は必ず、営業一課に返り咲いてみせる。

私はまた心の中で『アイ・シャル・リターン！』と高らかに宣言した。

——私は必ず桜井から一課長の椅子を奪い返す。

その決意を奥歯で嚙みしめて帰宅した。

4

「ただいまー」

私の自宅は世田谷区にあって、それなりに瀟洒な一戸建てなのだが……。

「ああ。お帰り」

耳に赤ペンをはさんだ父が、リビングの床に競馬新聞を広げている。

この時間に家にいるということは、またパチンコで負けたらしい。

——ったく……。

まだ五十代だというのに、五年前に仕事を休職したまま、復職する気配がない。

——この状況に同情しないでもないんだけどね……。

父は銀行員だった。二十代半ばから海外の支店を飛び回り、私もアメリカで生まれた。

海外でのキャリアが認められたのだろう、都内で一番大きな支店の支店長に抜擢《ばってき》されて、
私の高校卒業と同時に家族そろって帰国した。

そうやってエリートコースを着実に歩んでいた父は、ゆくゆくは本店に入って頭取になるだろう、とまで言われていたそうだ。

そして、五年前。待ちに待った本店勤務が内定した直後、父が支店長を務めていた銀行に強盗が入った。

犯人は数百万の現金を奪って逃げたが、すぐに捕まり、強盗は未遂に終わった。

父は殴られそうになった窓口の女子行員をかばって右腕を骨折したが、大事には至らなかった。

けれど、現場検証やらなにやらで半日以上、窓口業務を停止せざるを得ず、本店からは『事件発生時の初動が悪かった』とか『有事に備えた訓練が足りない』というような批判を受けたそうだ。

そうして、父の出世レースは終わった。

本店勤務はなくなり、次の異動で、地方への転勤が決まったのだ。

その時の私は就職して三年目。会社というものを知り尽くしたような気になっていた当時の私は、銀行の仕打ちが納得できず、別人のように無気力になってしまった父に聞いた。

『お父さんは本店に行くはずじゃなかったの？　強盗が入ったのはお父さんのせいじゃないのに、なんで？』

『銀行にはお父さんと同じ学歴とキャリアを持った人間が山のようにいるんだよ。その中で数人の役員を選ぶんだ。運の無いヤツはいらない。運も実力の内なんだよ』

『たまたま、支店長だった銀行に強盗が入っただけで？』

『お父さんの世代は採用人数が多かったからな。運も含めて篩《ふるい》にかけられる』

と、縁側でぼんやりと庭木を眺めていた父は、全てを諦めたような表情で寂しく笑った。

『別に小さい支店の支店長だっていいじゃない。私、ついていくから』

母はそう言って励ましたが、父は張り付けたような笑顔のまま、言葉が響いた様子もなかった。

『もう飽きた、金融の世界には。お父さん、しばらく、人生の休暇を取ろうと思うんだ』

それが強がりなのか本心なのかはわからないが、それ以来、新しい職場へは行かず、ギャンブルにのめり込むようになった。自分の運を試すかのように。

銀行は『強盗に遭遇し、負傷したことによる精神的ストレス』として、労災を認め、長すぎる休職を認めてくれている。が、不景気な昨今、いつまでもこんな生温かい処遇が続くとは思えず、先行きは見えない。


「お父さん、ちょっと邪魔。寝っころがるんなら、端っこ行ってよ」

身なりにうるさく、オーダーメイドの背広しか着なかった父が、ゴムの伸びきったスエット姿でゴロゴロしているのを見ると情けなくなる。

テーブルの上には馬券とロト7のハズレくじ。

知らず知らず溜め息が漏れた。

「お父さん、ギャンブルもほどほどにしてよね。クビになっても、私の給料、あてにしないでよ？」

黙っている父から目をそむけ、バッグをダイニングチェアの上に置いた。

——私はお父さんのようにはならない。

すっかり無気力になった父を見てそう誓った。

なのに……。

松坂家の黒い歴史が繰り返され、自分にも理不尽な運命が巡ってきたような気がして恐ろしい。

——いや、私はちがう。私はこのままでは終わらない。営業課長に返り咲き絶対に高岡物産の重役までのし上がってみせる。

改めて心に誓いながら、冷蔵庫からミネラルウォーターを出して一気に飲み干した。

「あれ？　そういえば、お母さんは？」

台所に母の姿がないので、明日のレース予想に熱中している父に聞いた。

「勉強会だって言ってたぞ？」

「ごはんもつくらずに、また？」

流し台の上に三十パーセントオフのシールが貼られた惣菜が並んでいる。

「なんだか、新しい先生のありがた〜い話があるんだと」

母は今、怪しげなセミナーにハマっている。

「とかなんとか言って、また、わけのわからない数珠だかパワー・ストーンだかを、買わされるんじゃないの？」

海外での専業主婦暮らしが長かったせいか、帰国後、母の近所付き合いはうまくいかなかった。時間にルーズでやることなすこと全てが適当。雑なところだけアメリカナイズされてしまった母は、ゴミ出しすらうまく出来ない。そのくせ、自分が陰でなんと言われているのかをやたら気にする、ザ・ジャパニーズの面倒くさい女。

そんな彼女を隣人として受け入れてくれた唯一の主婦が、お隣の山田《やまだ》さん。その山田さんに誘われ、彼女がアルバイトをしている近所のスーパーで、母も働くようになった。そしていつの間にか母は、山田さんが所属するセミナーに通いはじめていた。

「あんなうさんくさい開運グッズに、ちまちまレジ打ちして稼いだパート代を注ぎ込むなんてバカみたい」

「まあ、そう言うな。母さんには母さんの世界があるんだろ」

自分が無職のせいか、出費が母自身の収入の中でまかなえているせいか、最近の父はずいぶんと寛大だ。昔は、口うるさくても、尊敬していたのに……。

その時、「あら。紫音。今日は早かったのね」と、外から帰ってきた母が意外そうな声を出す。

「部署が変わったの」

「そうなのね。よかったじゃない、早く帰れる部署で」

「冗談でしょ。私は必ず営業に復帰するわ。アイ・シャル・リターンよ」

私の宣言を聞いて、母は声をたてて笑った。

「あはははは。またまた、そんなマッカーサーみたいなこと言って」

「………」

そのまったく悪気のない笑い方が、わけもなく腹立たしい。しかし、企業で働いた経験のない母に、これまでの紆余曲折を語っても仕方ない。

「明日は尾行と張り込みで遅くなるから」

「え？　紫音。営業一課から捜査一課に異動になったの？　なーんて」

ひとりで言ってひとりでゲラゲラ笑う母を見て、自然と拳が震えていた。

5

「というわけで、筧遥香さんの水商売疑惑は晴れました」

翌朝、室長の梶原に、ホステスの噂は人違いだったことを報告した。

「そうなると、尋常じゃないほどの居眠りの原因はなんなんですかねえ。真相はふたたび藪の中ですか……。困りましたねえ」

相変わらずさほど困っている様子もなく、口先だけで『困った』と言いながら、画面を見つめて首をひねる梶原。上司がガン見している画面を素早くのぞき込もうとすると、それまでの悠長な動きが嘘のようにバスケットボール選手なみの俊敏さで体を動かし私の視線を阻む。

——チッ……。

上司の秘密を盗み見るのを諦めた私は部下のほうを振り返った。

「では、居眠りの真相を突き止めるために、就業後、彼女を尾行します。今日のバディは……」

梶原に言われる前に同行者を選ぼうとした時、新顔の社員と目が合った。

——いつの間に……。

今日も休みだとばかり思っていた四人目の部下が、爆睡中の向井弁護士の隣の席でニコニコ微笑《ほほえ》みながらこちらを見ている。

——彼は確か、澄川幸人《すみかわゆきと》。麗華と同じ二十三歳。

重役の息子らしいのだが、去年の四月に縁故入社した『まったく使えない新人だ』と宝くじ高額当選の前任者から申し送りがあった。

幸人の兄もこの会社に在籍しているそうだ。兄のほうが弟よりちょっとだけマシだが似たり寄ったりだという……。さすが大企業だ。デキの悪い重役の子息をふたりも養う余力がある。

わが社では彼らのようにコネで入社した人材を、陰で『サラブレッド』と呼ぶ。

えてしてサラブレッドは骨折……いや、挫折しやすい。故障馬リスト……じゃなくて、メンタルによる長期傷病休職中の社員のリストにはずらりとサラブレッドの名前が並んでいると聞く。そんな人材にも休職中の賃金や経費を払って養う。大企業でなければ、あっという間に倒産だ。

白い肌にピンク色の頬。艶《つや》やかな髪。黒目がちな大きな瞳。いかにも毛並みのよさそうなサラブレッド幸人が、

「あ、あの、僕でよかったら同行させてください」

となぜか頬を染め、伏し目がちに立候補する。

「じゃあ、澄川君で」

昨夜《ゆうべ》のバディ、麗華は意外なほど役に立った。人は見かけによらないものだ。とりあえず、ひととおり試してみるか、という程度の気持ちで幸人を指名した。

「初めまして。松坂です。よろしく」

二日欠勤のせいで、まだ挨拶をしていなかった澄川幸人に、こちらから名乗った。

「それが……初めましてじゃないんですよ……」

と、なぜかモジモジしながら口を開く幸人。

「実は僕、松坂課長の下で働いてたことあるんですけど……」

「え？　そうなの？」

まったく記憶にない。腕組みをして首をひねっていると、幸人はテへ、と笑った。

「覚えてないですよね？　僕、二週間で異動になっちゃったんで」

「あぁ……」

それで思い出した。言われてみれば、去年の四月に営業に配属された新人があまりにも

役立たずばかりだったので、まとめてクビにしたことがある。どうやら彼はその中のひとりだったらしい。

「僕のこと、覚えててくれましたか！」

やけに嬉しそうだ。あの時、はっきりと「あなたたちはここでは使えません」と言って引導を渡したはずだが……。そんな話を笑顔でできるなんて、男としてのプライドはないのだろうか。

その後も、気がつけば私のほうを見て、ずっと微笑んでいる幸人。

――不気味だ。

同じ掃き溜めのような部署に追いやられた元上司への一種の仕返しだろうか。その無垢な瞳が逆に恐ろしい。笑顔で見られていることにストレスを感じた。それでも私は毅然と幸人を睨み返し、

「トイレ、行ってきます」

と、そのまま席を離れた。その私を、まだうっとりするような目で見つめている幸人。

「なにか？」

得体の知れない部下に対する恐怖を押し隠して眉間に皺を寄せ、けんか腰で尋ねると、使えないサラブレッドは笑みを浮かべたまま、

「あ、いえ。トイレに行くって宣言する女の人、初めて見ました」

おっとりと言って、なぜか自分のほうが頬を赤らめる。――恐れを通り越し、イライラ

した。

「あっそう。それで？」

追い込みをかけると、幸人はまたモジモジしながら睫毛を伏せた。

「えっと……それで……なんていうか……。カッコ……いいですね。はっきり物を言える女性って……。憧れます」

その顔が真っ赤になっている。仕返しではなく、どうやら本気で言っているらしい。

――Mか、お前は。イラつくし、気味が悪い。

そう言いたい気持ちをぐっと飲み込んだ。

夕方、子犬のように瞳をキラキラさせている幸人を引き連れ、退社する遥香を尾行した。

定時きっかりに仕事を終えた遥香は会社を出て電車を乗り継ぎ、都心から少し離れた住宅街にある坂の上の建物に入っていく。

それはこぢんまりとしたマンションで、外から見ると小さなベランダが等間隔に並んでいた。

「ベランダの幅が全部同じですね。ひとり暮らし専用のワンルームマンションですかね」

と私の隣で幸人が建物を見上げる。

「そうみたいね……。ああ、あそこにレディースマンションって書いてあるわ」

入り口に『女性専用』のプレートが掲げてある。

しばらくしてから二階の中央あたりにある部屋に明かりが灯り、遥香によく似た背格好の影がカーテンに映った。

「ここで待ってて。ほんとにあそこが筧さんの部屋か確認してくるから」

レディースマンションに男性が入るのは好ましくないと思い、ひとりで建物の中に入ってみることにした。

オートロックだが、出入りする住人の後についていくと、容易にマンションの中に入ることができた。

郵便受けの苗字で、彼女の部屋が二〇五号室であることを確認。階段で二階に上がり、『筧』の表札が出ている部屋の位置もチェックした。

このマンションの二階には十戸の部屋があり、筧遥香の部屋はマンションのほぼ中央だ。

「さっき明かりがついた部屋で間違いないわ。ここで、あの部屋の明かりが何時頃消えるか、確認しましょう」

自販機の陰で待っていた幸人にそう言うと、彼は嬉しそうに、

「夕食、どうしますか？　消灯したら、ディナーとか行っちゃいます？」

と期待に満ちた目で私を見る。

「何時になるかわからないから、国道沿いのコンビニでおにぎりかパン、買ってきて」

千円札を渡すと、幸人はがっくりと肩を落とし、マジで刑事みたいだ、と言いながらトボトボと坂道を下りていった。

幸人が買い物から戻ってきて三十分ほど経った頃、ベランダのサッシが動いた。

「あっ」

ふたり、同時に声をあげて自販機の陰に身を潜める。

「洗濯物、取り込んでるみたいですね」

防犯のためだろうか、物干竿は低い場所に設置されているらしく、衣類は見えない。が、洗濯物を取り込んでいるらしいことが彼女の動きでわかる。

「なんか、普通の人ですね」

幸人がつまらなそうに呟いた。

――確かに普通すぎる。

それ以降、遥香はベランダに出ることも外に出かけることもなかった。

私たちは時折、カーテンの向こうで動くシルエットを見ているだけ。

「まだ寝ないんですかね」

おにぎりにかじりつきながら、幸人が言う。

「まだ十時だからね」

幸人がはハアッと息をついた。

「寒くなってきましたね」

確かに、三月とはいえ、夜は冷える。

幸人が買った自販機の缶コーヒーを受け取り、カイロ代わりにポケットへ入れた瞬間、遥香の部屋の明かりが消えた。

「やった！　消えた！　帰れる！」

幸人は小躍りし、私は腕時計で時間を確認した。

「十一時ジャスト。これで睡眠不足なんて有りえるかしら。もしかして、朝三時頃には起きるとか？」

「え？　まさか……」

「起きる時間を確認しないと意味ないでしょ。四時頃起きて新聞配達してたらどうすんのよ」

「マジですか……」

がっくりと肩を落とす幸人。

「澄川君はもう帰ってもいいわよ。薄着だし」

コートを羽織っていない幸人は泣きそうな顔になりながらも、

「いえ。主任をこんなところに置き去りにはできません」

と言って自分を抱きしめるように身を屈める。見ているだけでこっちまで寒くなる。

——むしろ、帰ってくれないかな……。

それから少しして、寒そうに自分の腕を撫でている幸人が切り出した。

「そう言えば、ずっと不思議に思ってたんですけど……」

「なに？」

私は遥香の部屋を見上げたまま聞き返した。

「主任って、どうして、相談室に異動になったんですか？　絶対、営業のほうが合ってましたよね？」

「…………」

まったく悪気の感じられないトーンで投げられた質問が胸に刺さった。

――そう。私の『転落』は一本の電話からはじまった。


それは先月のことだ。

「松坂課長。経理からお電話です」

「経理？」

営業一課の課長になって約二年。経理部から直接私に電話がかかったことなどこれまで一度もなかった。

「ヴェリス社の商品代金が支払われないと言ってますが……」

部下が他部署からのクレームを私に伝えながら、怪訝そうな顔で電話の保留ボタンを押す。

「え？　ヴェリス社？　国産の重機を納めたイタリアの会社だよね？　商品は先月末に船積みして出港してるはずだけど。どうして入金されないのかしら……」

本来なら、全額、とうに入金されているはずだ。

取引先の信用調査は念入りに行っている。つまり、この取引は倒産する恐れのなかった会社からの発注だ。その証拠に銀行からもＬＣ、いわゆる信用状が発行された。銀行が信用し、支払を保証している場合、荷物の出港と同時に銀行が代金を肩代わりするはずだ。にもかかわらず、なぜ保証した銀行が代金を払わないのか、納得がいかない。

「はい。松坂ですが」

半信半疑のまま電話に出てみると、経理部の管理職らしき男が、

『松坂君。キミ、このＬＣの中に『Buyer's Inspection Certificate』って文言があるの、確認したのか？』

と、高圧的な口調で迫る。

「え？」

Buyer's Inspection Certificateとは輸入業者が商品を全てチェックした上で代金を払うという取引条件だ。バイヤー、つまり買主による商品検査が終了し、その証明書を添付しなければ、銀行は代金を払わない。相手が証明書を出し渋れば、入金はどんどん遅れることになる。

『五十億以上の取引だよ？　あっちが確認するまで金を払わないなんて、そんな有りえない条件、君が許可したの？　倉庫に入れっぱなしにされたらどうするんだ』

「そんなイレギュラーなＬＣ、ウチの部署では認めていません。すぐに本件の担当者に確認します」

一旦、電話を切って、私が最も信頼している部下の姿を捜した。

「あれ？　川崎《かわさき》さんは？」

川崎は三十代半ばのベテラン社員だ。私よりも実務経験は豊富で、これまでに仕事でミスをしたことは一度もない。

「川崎さん……。そう言えば、今日、見ていませんね」

アシスタントの女の子が首をひねる。

誰に聞いても彼の所在はわからなかった。出勤した形跡もなければ、病欠の連絡もない。

「仕方ないわね。誰か、ヴェリス社の書類、捜して。彼の机のどこかにファイルがあると思うから」

すぐにアシスタントが立ちあがった。そして、デスクの引き出しを上から順番に開けていった彼女が、

「あ……！」

と、絶句した後、発見したふたつのものを持ち上げ、こちらへ見せた。

彼女が右手で持ち上げ、こちらに見せたのはファイルではなく『退職届』と書かれた封筒だ。そして左手に持っていたのは『捜さないでください』と書かれたOA用紙。

「ウソ……」

信用状に書かれていた罠のような文言を見落としたことに後で気づいたのだろう。その責任の重さから逃れようとして失踪したとしか思えない。

「すぐにヴェリス社に電話して！　商品がどうなってるのか、確認しなさい！」

混乱する頭で今できる全てのことを指示する。

「課長！」

数分もしないうちに次々と報告が上がってきた。

「港に着いた貨物はヴェリス社の代行会社が中身を確認しないまま、Copy Documentsを使って引き取ったそうです」

「嘘でしょ……」

「課長。重機は既に転売されてしまってるみたいです」

嫌な予感が確信へと変わっていく。そして、とどめとなる報告が上がってきた。

「そんな……」

「課長！　ヴェリス社が不渡りを出しました！　倒産したら負債総額が数千億になりそうだと……」

それを聞いて血の気が引いた。

急いでリスクマネジメント部から上がってきたヴェリス社の信用調査表を見直した。

間違いなくAランクがついているが、一枚しか受け取っていない報告書の右肩に1／2と記載されているのに気づいた。

「これ、まさか……。二枚目があったの？」

自問しながら自分の机の中を引っ掻き回してみたが、二枚目は見つからない。

が、二枚目があったということは、なにか不安要素が添付してあったのにちがいない。

つまり、条件付きのAランク。なんらかの要因が重なれば、焦げ付く可能性があったのだ
――。

多分、川崎は商品を出荷した後で書類の異状に気づいて、買い手が倒産する可能性を察知し、信用調査の結果を報告せずに帳票の二枚目を隠匿《いんとく》した……。

――嘘……。

絶望感が全身を駆け巡り、反射的に立ちあがった瞬間、貧血を起こして膝が砕けた。

――回収は不可能だ……！

ガタン。足の力が抜け、ふらついて椅子に座り損ねた体が、そのまま床の上に崩れ落ちる。

「課長！」

「課長！」

ぐらりと天井が回り、部下たちの声がわんわんと鼓膜に響いた。

――やられた……。

入社以来、最初にして最悪のミスだった。それまで決して部下や同僚をあてにしなかった私が、初めて信頼した優秀な部下による裏切り行為。

――部下なんて信用するからよ。

床に倒れた無様な自分を、もうひとりの自分が見ていた――……。

主任……。主任……。はじめは遠くで聞こえた声が、今度はすぐ側で聞こえてハッとした。

「主任？」

相談室に異動になった経緯を回想していた私の顔を、幸人が不思議そうにのぞきこむ。

「主任。どうしたんですか？」

「え？　ああ、どうして私がこんなところにいるのか……。今は言いたくないわ」

自分の営業部での失態を、かつてクビにした部下に打ち明けられるわけがない。

すると、幸人はそれ以上、この話に言及することはなく、

「そうですか。言える時がきたら教えてくださいね」

と言ってニッコリ笑った。

「………」

それっきり、お互い黙ったまま、時々、うとうとしながら、遥香の自宅マンションを見張った。

その後、彼女の部屋の明かりは翌朝六時半まで点くことはなく、七時間半後に彼女が起きたことを再び確認してから、アスファルトの上で眠り込んでいる幸人を起こし、そのまま出勤した。

それから数日後、私は室長の梶原に遥香に関する報告を行った。

私が席へ近寄った途端、見られてはいけない画面を閉じるかのようにカチカチッとマウスを鳴らした梶原が、私の話をウンウンと頷きながら聞いた後、確認する。

「つまり、筧さんが夜の副業をしているという事実はなく、自宅でも規則正しい生活をしている、ということなんだね？」

「はい。あれから三日間、筧さんを尾行したんですけど、真っ直ぐ自宅に帰っていますし、夜中に家を出て行くことはありませんでした」

「え？　三日？　主任、あの後、ひとりで二日も張り込みしたんですか？」

幸人が驚いたように聞く。

「調査の精度を上げるためよ」

私がそう答えると、田口医師がおもむろに立ちあがり、パンパンパンパンと手を叩きはじめた。

「すばらしい。すばらしいです。松坂さんの仕事への情熱、僕も見習います」

今にも泣き出しそうな顔をしてウンウンと頷きながら、全身で感動を表現している。

「僕だって、尊敬してますよ！」

負けじと立ちあがり、手を叩きはじめるサラブレッド幸人。

「あ、じゃあ、私もぉ」

と、明らかにノリで立ちあがり、拍手をする麗華。室内に私を称賛する拍手の音が鳴り響く。

――ばかばかしい。

心の中で吐き捨てながらも、嬉しいような嬉しくないような、複雑な気持ちになる。

「つるさいなぁ……」

寝ている向井だけは、拍手の音が迷惑そうだ。そして、

「じゃあ、なんで箟遥香は仕事中にうたた寝をするんだよ」

と爆睡しているのかと思いきや、私の報告を聞いていたようだ。

「そこなのよね。暗闇で夜中までゲームをする若者もいるけど、姉の更紗さんが言うには、箟遥香はとても生真面目な性格らしいの」

すると、梶原がパソコンを見つめたまま口を開く。

「リスクマネジメント部は居眠りするような暇な部署でもないしねえ。むしろ、緊張感がないと、マズい部署だよね」

――緊張感がないとマズい部署……。

取引先の信用調査を行うのがリスクマネジメント部の主な仕事だ。

私がミスを犯したヴェリスス社の調査報告もリスクマネジメント部が行なっている。確か、報告書の作成者の欄には『ＨＫ』というイニシャルが書いてあった記憶がある。

――ＨＫ……。ハルカ・カケイ……。まさか、あの調査表をつくったのは彼女なの？

思わず立ちあがり、

「ちょっと、営業部へ行ってきます！」

　反射的に相談室を飛び出していた。

　私が足を踏み入れただけでザワつきはじめる営業フロアを一気に横切り、一課の課長席へ行く。

「桜井。過去の調査資料、見せてくれない？」

「え？　あ、ああ」

　私の勢いに圧倒されるかのように、桜井が慌てた様子で引き出しを開け、管理しているキャビネットの鍵を出す。

「ありがと」

　奥の壁一面に並ぶキャビネットの扉。そのひとつを開けて、かつて目を通したはずの書類を求め、ファイルを引っ張り出した。背中に元部下や同僚たちの畏怖《いふ》や好奇の視線を感じながら。

　――あった……。

　調査表はやはり、一枚しかない。そして、作成者の欄にはＨＫの文字。

　いつの間に現れたのか、桜井が横から書類をのぞきこみ、

「あれ？　これって、最初から一枚だったんじゃないか？」

　と、書類の端を指さす。

い。

あの時は動転していて気づかなかったが、こうして改めて見ると、ホチキスの針跡がない。

この手の調査書類は、営業部に回ってきた後でバラすことはあるが、作成部署では必ずホチキスで留めることが義務づけられている。

――つまり、最初から二枚目は添付されていなかった……。

私の脳裏に、ウトウトしながら書類を床に落とし、拾ってファイルに挟む遥香の姿が浮かんできた。

この書類の二枚目も、居眠りしている内に落として他の書類に紛れたり、誰かが捨ててしまったりした可能性もゼロではない……。

「ありがと、桜井！」

なにか言おうとしている桜井に書類と鍵を押しつけ、すぐさまリスクマネジメント部へ向かった。

ちょうど昼の休憩時間で、ランチへ出かけてしまったのか、遥香の姿も可南子の姿もない。

私は自席で弁当を食べていた遥香の上司に許可をもらい、彼女のデスク周りを確認した。調査表の二枚目を捜すためだ。

デスクの下に潜り込んでみたが下にはなにも落ちていなかった。

「あ……」

が、引き出しを開けると奥のほうになにかが引っ掛かっているのが見える。もしや、と腕を伸ばしてなんとか引っ張り出してみると、ビンゴ、捜していた二枚目の調査表の原紙だ。

――やっぱり、営業に回ってなかったんだ。

与信調査の結果は原紙を営業に回し、コピーをリスクマネジメント部が保管するのがルールだ。

もちろん、1／2という表記を見落としたことは営業サイドのミスだが、添付漏れだとするとリスクマネジメント部の過失のほうが大きい。

ただ、ウチにはコピーが回った可能性もある。だとしたら、部下だった川崎だけのミス。

不信感が残った。

――コピーにしろ原紙にしろ、こんな重要な資料があんなところへ……。やはり、居眠りのせいだろう。

とはいえ、睡眠不足でもない人間が、最も緊張しなければならない状態で居眠りしてしまうものだろうか。これって、もしかして……。

ひとつの推理が閃《ひらめ》いた。

私は席に戻ってすぐ、パソコンで『睡眠障害』について検索した。

「ナルコレプシー……。これだ！」

なにかの番組で聞いた病名が記憶の隅に残っていた。

『ナルコレプシーとは、日中において場所や状況を選ばず起こる強い眠気の発作を主な症状とする睡眠障害のこと……』

ネットの記事にはそう書いてあった。

ナルコレプシーによる居眠りは、前夜によく眠れたかどうかに関係なく毎日起こり、一回のうたた寝はおおよそ二十分。

目覚めたあとにすっきりするが、またしばらくすると眠気がおそってくるのが特徴、ともある。電話を切った直後、いきなり睡魔に襲われていた遥香の姿が彷彿とした。

「症状もピッタリ。まさにこれだ」

色々な説明を読み進めていくと、更に興味深いことがわかった。

『普通なら眠気を催すはずのない試験中や面接中などの緊張した場面でも、急に眠気におそわれ眠ってしまう睡眠発作を起こすことが多々あり、病気の認知度が低いせいで、周囲からは怠け者の烙印《らくいん》を押されることもある……』

——間違いない。

「田口先生」

遥香がナルコレプシーであるという確信を得てから、心療内科医の田口に声をかけた。

「筧遥香さんのことなんですけど、彼女、ナルコレプシーではないでしょうか？」

「ナルコレプシー？」

田口がキョトンとした顔になる。

「そうです。緊張しなくてはいけない場面でも眠ってしまう、彼女は、いわゆる眠り病と言われている病気、ナルコレプシーではないかと思います」

私が導き出した結論にようやく気づいた様子で、田口がハッとした顔になる。

「そうか。ナルコレプシーは六百人にひとりと言われている奇病。十代の未成年者に多い病気だけど、成人にもいないことはない。そうか。想定外だった」

田口は自分が気づかなかった悔しさを噛みしめるようにいう。

——専門医のくせに気づくのが遅い……。

心の中で静かに罵《ののし》る。

「私、筧さんと話をしてきます。その後、ここへ連れてくるので、田口先生、診断をお願いします」

田口は大きく頷いた。が、珍しく起きてはいるものの、死体のようにダラリとして椅子に座っている向井がだるそうな顔を持ち上げ、

「本人は、なかなか認めねーと思うけど」

と、独り言のように呟く。銀座で見た時とは別人のようにダラダラしている。あの時はモデルのように颯爽としていたのに……。

「本人が認めないって、どういう意味ですか？　本人は病気に気づいてるって言うんですか？」

「いや、まぁ……。なんとなくそう思っただけで。どうぞ、どうぞ、松坂主任の思うよう

にすすめてください」

奥歯に物がはさまったような言い方だ。

——ちょっと血を見ただけで戦線離脱したくせに、なによ。

ちっ、と舌打ちしたくなるのを堪《こら》え、私は再びリスクマネジメント部へ向かった。

応接室での来客が終わったのか、筧遥香が湯呑を載せたお盆を持って、給湯室へ入っていく。

その直後、ガチャン、と音がした。あわてて、小さな流し台のあるスペースをのぞくと、遥香がしゃがんで床に落ちた湯呑の破片を拾っているところだった。

「イタっ……」

陶器の欠片《かけら》で指先を切ったらしく、人差し指から血が流れ出している。

「大丈夫ですか？」

私もしゃがんでティッシュを差し出し、彼女の片づけを手伝った。

「すみません……」

弱々しい声で謝る彼女に、ズバリ聞いてみた。

「今、一瞬、眠ってしまったんじゃないですか？」

彼女がハッとしたような目で私を見る。

「あ。申し遅れました。私、お悩み相談室の松坂と言います」

私の所属部署を聞いて、遥香が更に目を大きく見開いた。

「お悩み相談室？　どういうことですか？　誰かが私のこと、告げ口したんですか？　まさか、可南子？　可南子なの？　あの子、前から私のこと病気じゃないかって疑ってるみたいで」

「…………」

これはマズい展開だ。遥香が自分の病気をリークした人間を密告者扱いするようなことになったら、彼女の身を案じて相談してきた可南子の立場が悪くなる。

「いえ、ここへきたのは偶然です。たまたま、ここを通りかかったら、あなたがフラフラしていたので」

「そう……ですか……」

私の嘘に遥香が声のトーンを落とした。

「ナルコレプシーっていう病気、ご存知ですか？　私の知り合いに同じ病気の人がいるんですが、さっきのあなたによく似た感じで眠り込むんです」

もちろん、知り合いではなく、ネット情報だ。

「知ってます。けど、私はそんな病気じゃありません」

――え？

断言できる彼女に驚いた。

「どうしてそう言い切れるんですか？　病院で診てもらったんですか？」

更に問い詰めると、遥香はキッと険しい顔つきになって私を睨んだ。

「いいえ。診てもらっていません。けど、自分のことは自分でわかります」

「ですが……」

「あなたは私が精神病だって言うんですか？」

すごい剣幕でまくしたてられた。

そう……。ナルコレプシーの治療は心療内科や精神内科の領域なのだ。

彼女は薄々、自分は病気ではないか、と感づいていたのだろう。それでも、病院に行けないぐらい、心療内科や精神内科に偏見をもっているということだ。

ようやく向井の言った『認めないと思う』の意味がわかった。

こんな珍しい病気になってしまった遥香には同情するが、ヴェリス社の信用調査表漏れが彼女の居眠りのせいだとしたら、許せない。こんな状態で今の仕事を続けるべきではない。

色々な気持ちが入り乱れる中で、なんとか病院へ行くよう説得を試みた。

「今はその程度のケガですんでますけど、ウトウトして階段で転んだりしたらどうするんです？」

遥香は驚いたような顔をして自分の膝を手で隠した。一瞬、見えた青紫色のアザ。

——既に階段で転んだあとだったらしい。

「とにかく、私はそんな病気じゃありませんから！」

叫ぶように言って、彼女は給湯室から駆け出していった。割れた湯呑とこぼれた緑茶を放置したまま。

「あ。ちょっと！　これ……」

仕方なく、給湯室を片づけた。

6

「というわけなんです」

すごすごと相談室に戻り、遥香の反応を梶原に報告した。すると、向井が、

「だろ？　だから、言ったんだよ」

と勝ち誇ったように言う。

なんで、今日に限って起きているのか、その理由がわからない。

「あ。でも、なんとなく、わかるぅ。やっぱ、精神科とか心療内科って、行きにくいものぉ。年ごろの女子が精神科にかかってるなんて、社内で噂になったりしたら、超可哀相……」

今日は顔面にシート状のパックを貼りつけている麗華が、遥香の心情を察する。

「薬で治る場合がほとんどだし、体の病気と同じなんですけどね。ただ、女性はナイーブですからね。松坂さん。もうちょっと、相手の気持ちを考えてあげたほうがよかったかも、

ですね」

と、分厚い本から目を上げた田口までが、私を責めるような言い方だ。

――は？　相手の気持ち？　そっくりそのまま返したいわ！

言い返したくなる気持ちをぐっと飲み込む。

一日中ネットサーフィンをやっているとしか思えない梶原には、

「まぁまぁ、松坂君だって頑張ったんだから」

と慰められ、よけいに腹立たしい。

RuRuRu RuRuRu――。

「はい。お悩み相談室です」

私の失敗で、いつになく盛り上がっている相談室に電話の音が響いた。

「あ。はい。少々お待ちくださいね」

電話に出た幸人が私に、

「リスクマンジメント部の森田さんからです。なんか、慌ててますよ？」

と、注釈つきで取り次いだ。

まさか、私の失言で遥香との間の亀裂が広がってしまったのだろうか。

「は、はい……。松坂ですが……」

憂鬱《ゆううつ》な気分でデスクに戻り、受話器をとった。

『松坂さん！　大変なんです！　遥香、髪の毛がシュレッダーに巻き込まれてしまって……』

「え？」

『紙を裁断してる時に例の眠気が襲ってきたみたいで。気づいた男性社員がハサミで彼女の髪の毛を切って……。なんとかケガはしないですんだんですけど……。このままだと、遥香、いつか大変なことに……』

憔悴《しょうすい》しきった声だ。

「すぐに行きます」

私は意を決して立ち上がった。

「もう待てない。彼女に病気を認めさせます。大事故になる前に」

すると田口が、「わかりました。僕も行きましょう」と腰をあげた。

——え？　頼んでないけど。

「僕は専門家です。それに松坂さんより相談室での経験も長いですし」

いつになくキリリとした顔。

「そ、それはどうも……」

専門医が同行してくれると言っているのに、まったく心強く感じない。むしろ不安になるのが不思議だった。

——とにかく、なんとかしなければ。

どうすれば彼女が病気を認めて治療する気になってくれるのか、これと言って策は思いつかなかったが、はやる気持ちのままにエレベーターに乗り込んだ。

五階でエレベーターを下りた時、

「あ。田口先生。今ちょうど書類をお持ちしようと思ってたとこです」

とホールで出会った警備員が田口に声をかけた。

「間もなく新館の建設工事が入りますので、先生が契約されてる社内駐車場の場所、来月からこちらになります」

「あ。どうも、ご丁寧に」

田口はにこやかに業務連絡を受け取った。

「あ！」

名案が浮かび、思わず声を上げた私を、田口が「え？」と弾かれたように見る。

「そう言えば、田口先生って車通勤でしたよね？」

エレベーターホールから延びるリノリウムの廊下を歩きながら聞いた。

「ええ。先月、新車、買ったんですよ。柄にもないって言われるんですけど、僕、唯一の趣味が自動車なんですよ。今回、めちゃくちゃ奮発して、ベンツのクーペ、ローンで購入しちゃいました」

自慢げに胸を張る。

「ベンツの新車……。田口先生。その車、ちょっと、貸してくれません？」

「え？　貸す？　週末ですか？」

「じゃなくて、今。すぐに車、玄関に回してください」

「え？　今からですか？」

「今と言ったら今！」

急《せ》かすと、田口は首を傾げながらもエレベーターへと戻っていった。

再び訪れたリスクマネジメント部。

「筧さん。ちょっと、付き合ってもらえませんか？」

声をかけると、私を見た遥香は明らかに迷惑そうな顔になった。

「仕事中に困ります」

「お時間はとらせません」

「…………」

口をつぐむ遥香をフロアから連れ出した。

「髪型、変わりましたね」

ついさっき、給湯室で見た時はロングだったゆる巻きヘアが顎のラインで切りそろえられている。

シュレッダーに巻き込まれた部分の髪を切られ、仕方なく同じ長さにしたのだろう。明らかに不揃いのショートボブだ。それを隠すように、遥香は私から顔をそむけた。

「どこへ行くんですか？」

相談室か総務部へ連れて行かれると思っていたのか、会社の玄関フロアへ降りると同時に、遥香が聞いてきた。

「ドライブです」

「ドライブ？」

エレベーターを降りて玄関を出たところにベンツの最新モデル、ピカピカのクーペが停まっている。

「筧さん、免許、持ってますよね？」

「え、ええ……」

「よかった」

ベンツの運転席から降りてきた田口が、

「これが僕の愛車です。カッコいいでしょ？」

と自慢げに笑う。

「鍵は？」

「え？　あ、コレですけど」

私は田口の手が差し出した、重厚なエンブレムのついた鍵を奪いとった。

「んじゃ、先生は後ろに乗って」

「は？」

ぼやっと聞き返す田口をクーペの狭い後部座席へ押し込み、ガチリ、と助手席を戻す。

「え？　なんで？　なんで僕が後ろなんですかッ？　松坂さん？」

焦って呼び止める声を無視し、遥香の肩を抱いて運転席のほうへ誘《いざな》った。

「筧さん。あなたが運転してください」

「え？　私が？」

弾かれたように、明るい色の瞳がこちらを見る。

「私が助手席に乗ります。できますよね？　運転」

故意に挑発的に言うと、彼女は私の目を睨んだまま、唇を一文字に結んで運転席のドアを開けた。彼女が運転席に座り、私は助手席に腰を下ろす。

「ちょ、ちょっと。どうして僕の車を筧さんに運転させるんですか？」

オロオロする田口を、しっ！　と人差し指で黙らせ、シートベルトを締めた。

「田口先生、これはテストです」

「は？　テスト？」

田口が間抜けな声で聞き返す。

「彼女がナルコレプシーかどうかのテストです」

「え？」

「先生は後部座席から見て、彼女がナルコレプシーかどうか判定してください」

「はい？」

田口が一瞬、意味がわからない、といった顔になる。と同時に、遥香がエンジンをかけ、アクセルを踏んだ。

「う、嘘でしょ……。や、やめて。やめてください！　なんで僕の車でそんなテストするんですかっ！」

「だって、社用車なんか使って事故ったら大変じゃないですか」

「はい？　事故？　ややややめてくれーっ！」

田口の悲鳴のような声と共に新車は会社の敷地を出て国道に入った。

「あ、あそこの交差点を右折して、高速に乗ってください」

「「こ、高速？」」

遥香と田口の声がハモった。

「走れますよね？　高速も」

「も、もちろんです……」

遥香が震える声で答え、ウィンカーを出す。

やがて時速は八十キロに到達した。

「お、下ろしてください！　ていうか、このテストを僕の車でやる必然性がわからない！」

怒っているのだろうが、田口の声は震えている。

「大丈夫ですって。三人分の命とピカピカの新車ですよ？　この緊張感の中で眠れるわけないでしょ？」

「普通はそうだと思いますよ。けど、彼女がもし……」

最悪の予想をしているのだろう、田口はブルブル首を振る。

やがて、遥香の頭がフラフラしはじめ、後ろでヒッと息を飲むような声がした。

ルームミラー越しに見た田口は、コアラの縫いぐるみみたいに背中を丸め、小さくなって後部座席に張り付いている。

「筧さん！　起きて！　この車、まだローンがいっぱい残ってるんです！　お願い！　起きてーッ！」

半ばパニック状態の田口の声で一度はハッと目が覚めたように軽く頭を振った遥香だったが、またすぐにウトウトしはじめる。彼女の体が前に傾くのと同時にアクセルを踏み込んだらしく、更に速度が上がり、前方を走っている車との距離がぐんぐん縮まった。

「ちょ、ちょっと！　筧さん！　起きて！　起きてください！　寝るなーっ！」

田口の悲鳴のような怒鳴り声で、ぱちりと目を開けた遥香が慌ててスピードを落とし、ギリギリのところで衝突は回避された。

「きゃーっ！」

田口のハイトーンヴォイスが車内に響き渡った。――男の悲鳴って初めて聞いた。

遥香は車が停まっても、まだハンドルを握りしめ、極度の緊張が解けた直後のように、はあ、はあ、と肩で息をしている。

「筧さん、どうしたんですか？　運転を続けてください」

遥香が激しく首を振った。

「無理です！」

「どうしてですか？」

彼女がこれでもナルコレプシーではないと言い逃れできないよう、追い詰めた。

「私は……。私は……病気かも知れない……からです……」

そう言って、ぽろり、と涙を流した遥香はハンドルに額を押し当てて慟哭《どうこく》した。

静かな車内に彼女の泣き声だけが響いている。

しばらく黙っていた田口が遥香を慰めるような優しい声で「運転、替わりましょう」

と声をかけた。

「うっ……うう……うっく……」

遥香は後部座席に移ってもまだ泣いている。

ハンドルを握っている田口が、横目で私をちらりと見た。

「松坂さん。ちょっとやり方が過激すぎませんか？」

責めるような言い方だ。

「いいえ。自信を持って、これが最短最善の方法だったと言えます。でなければ、認める、認めない、の堂々巡りでしょう？　長引けば、彼女だって危険な目に遭う可能性が高くなるじゃないですか」

「それはそうですが……。人の心は時間をかけて開かせたほうがいいことだってあります」

ついさっきまで後部座席で引きつっていた人間とは別人みたいに真面目な顔だ。それがおかしくてクスッと笑ってしまった。

「田口先生、かなりビビッてましたよね」

「ていうか、それが普通ですよ。松坂さんは、死ぬのが怖くないんですか？」

「死が怖くない人なんていないでしょ。でも、私が尊敬している人が言ってます。生きるにふさわしい者とは、死を恐れぬ人間だ、と」

「は？　誰の言葉なんですか、その過激な迷言は」

「敬愛するダグラス・マッカーサー元帥です」

「…………」

絶句しながらも田口は、会社の前に車を乗りつけた。そして、生まれたての小鹿のようにおぼつかない足で遥香の前に立ち、口を開く。

「筧さん。あなたの気持ちはわかります。けど、大変な事故に遭う前に、病院へ行くべきです」

「…………」

遥香は無言でうつむいたままだった。自分の病気は認めたものの、病院へ行くかどうかはまだ、迷っているようだ。

「僕も心療内科が専門ですが、友人に睡眠障害の専門医がいます。彼の診断を受けるという約束をしてくれるなら、この件は相談室の中だけで収めるつもりです」

「でも……」

消えいりそうな声だった。

「最近はいい薬があるんですよ?」

「それも、知ってはいるんですけど……」

言葉を途切れさせた遥香がまたポロポロと涙を流しはじめた。

「私……、同じ部署に好きな人がいるんです……」

「え?」

田口が弾かれたような顔になる。

どうやら、意中の相手に自分の病気のことを知られたくなくて、頑なになっていたらしい。

「そう……だったんですか……。筧さん、辛かったですね……」

訥々《とつとつ》と喋っていた田口が、ううっ、と声を上げて、いきなり目頭を押さえた。

——は?

遥香に感情移入してしまったのか、田口が白衣のポケットからハンカチを出して涙を拭いはじめる。そして、

「あなたのプライバシーは絶対に守ります。だから、一緒に行きましょう、病院へ」

と泣き声で言った。

「え？　一緒に？　先生と？」

遥香は驚いたように顔を上げた。私も内心、そこまで？　と田口の人の好さに驚いていた。

「精神科とか心療内科とか、なかなかひとりでは行きにくいですよね？　僕が付き添います」

「ほんとに？」

「約束します」

涙顔に笑みを浮かべた田口が指切りをする子供のように小指を差し出す。

——それは要らないと思う。

私が思ったのと同じことを考えたのか、遥香も困ったように笑った。

『これで一件落着』的なムードになっているが、そういうわけにもいかない。私にはまだ白黒つけなければならないことがある。

私は玄関前のエントランスで改めて遥香と向き合った。

「あなたの居眠りのせいで、私は営業から相談室へ異動になりました。けど、恨んではいません。私にも二枚目の資料を見落としたという過失があったわけですから」

だが……。これで、遥香も自分のミスを認めてくれれば、私の営業部復帰はこれまでより容易になるのではないか、と思っていた。

「え？　二枚目の資料？」

遥香が驚いたように私を見る。

「ヴェリス社の信用調査票、二枚目を添付し忘れたのあなたでしょ？」

「ヴェリスですか？」

一瞬、なんのことかわからない、とでも言うように聞き返した遥香だったが、すぐに、

「ああ、確かに最初は一枚しか回しませんでしたけど、後で気がついて……。二枚目は原紙が見当たらなかったので、コピーのほうを封筒に入れて、一課の川崎さんに渡しましたよ？」

と言った。

「え？　川崎さんに？　直接？」

「ええ。次の日すぐに手渡しで……」

今頃どうしてそんなことを、とでも言いたげな瞳が私を見上げる。

――それなら見ていないはずがない。となると、やはり私が部下に裏切られたことが原因か……。だとすると私の監督責任だ。

私の失望をよそに、遥香が、「あ……。可南子……」と、同僚の姿を見つけて声を漏らす。

建物の中から可南子が心配そうにこっちを見ていた。

「いいお友だちですね。あなたのこと、本気で心配してましたよ？」

私が事実を伝えると、遥香の顔がようやく晴れた。

「はい！　親友なんです！」

そう言った遥香がやっと笑顔を見せ、可南子のほうへ走っていく。

「可南子〜っ！」

不思議なことに、その姿を見て、自分の気分まで晴れていくのを感じた。それは今まで社内では味わったことのない種類のホッコリとした達成感だった。

ただ、すべてが私の思惑どおりにいったわけではなく、ヴェリス社のトラブルは他部署のミスによるものではなかった。すぐさま営業に返り咲くことはできないようだ。

「あの……」

相談室へ戻る廊下を歩いている途中、並んで歩いていた田口がふと口を開いた。

「この前、松坂さんのことを『マッカーサー』って呼んでる部下がいるって話、してましたよね？」

「え？　ああ。言いましたね、確かに」

せっかく、ちょっといい気分になっていたところに、思い出したくない話を蒸し返してくる田口。

「あれからずっと考えてたんですけど」

「え？　ずっと？」

他人のあだ名のことを一週間以上考えていたのだろうか。

「たぶん、『マッザカ』という語感が『マッカーサー』に近いからじゃないですかね？」

「は？」

「きっと『マツザカ』って五回ぐらい言ったら『マッカーサー』になるから、そう呼んでたんじゃないでしょうか。『マツザカ』『マツザカ』『マツザカ』『マツザカ』『マッカーサー』『マッカーサー』『バンザーイ！　バンザーイ！』みたいな」

――ならねーよ。百回言っても。

「きっと中傷とか皮肉じゃなくて、それだけのことじゃないかと」

――いやいや、間違いなく陰口だし。

そうは思ったが、田口が純粋な瞳をしてそう言うと、もしかしたらそうなのかも知れない、と思えてくるから不思議だ。見当違いな慰めになんとなく気持ちがほぐされる。

「田口先生。私、ずっと、お悩み相談室にいるつもりはありませんが、もう少しの間だけ皆さんの力になれると思います」

ちょっと言い方が上から目線になってしまったような気がするが、これでも精一杯の社交辞令だ。

「え？　あ、はあ……。ありがとうございます……」

田口は私の言葉がピンとこない様子で礼を言い、曖昧に笑った。

何にせよ、寛遥香の居眠りの原因を突き止め、病気を認めさせたのはこの私だ。

営業とちがって、この部署にライバルになりそうな人材もいない。そして、これまで相談に対する成果をあげているとは思えない。

私が営業部で培った行動力をもってすれば、いずれお悩み相談室が脚光を浴び、私の存在がクローズアップされる日が来ることは間違いない。
——これなら営業にカムバックできる日は近い。アイ・シャル・リターン！
私は意気揚々と相談室へ戻った。

第二章　風鈴の恋

1

「はい。お悩み相談室、松坂です」

次の相談が持ち込まれたのは、私がここ、総務部お悩み相談室に配属されて十日ほど経った頃のことだった。

『匿名でもいいですか?』

今度は中年男性の声。内線番号は表示されていない。つまり、社外の固定電話、もしくはスマホかケータイから非通知でかけていることになる。

「もちろん匿名でも大丈夫です。どうぞ、悩みをおっしゃってみてください」

電話相談は名乗らなくてもできる。ただ、相談者の置かれている職場環境が具体的に把握できないため、突っ込んだ話はできないだろう。

『秘密は守ってもらえるんですよね?』

相手はかなり用心深い男のようだ。

「もちろんです。安心してください」

私はネットで購入したばかりの『相談者の心理』というハウツー本に書いてあったマニュアルどおり、まずは相手の不安を取り除き、喋りやすい雰囲気を醸し出す会話を心掛けた。

それでも、男は相談の内容を言いあぐねるように、しばらく沈黙を保った。そして唾を飲み込むような音を立てた後、ようやく乾いた声を出した。

『実は……今朝、ウチの課宛てに風鈴が八百十五個も届いてしまって……』

「は？　風鈴？」

『ええ。風鈴です。あの、夏場に家の軒下に吊して、風が吹くとチリンって鳴る、あの風鈴です。わかりますか？』

電話の相手は日本の文化を知らない外国人に『風鈴』とはなにかを教えるかのように説明した。

「それは存じてますが……」

ここは総合商社だ。製造コストの安い国で作った風鈴が大量に輸入されることもあるだろう。

「つまり、誤発注してしまって困っている、ということですか？」

使えない社員が注文数の桁を間違えることは珍しいことではない。

『いや。発注なんかしてません。ウチの課に商品が届くことはないんです』

「は？　どうしてです？」

それまで訥々と喋っていた相談者は、会話が成立しないことに苛立った様子で急にまくしたてるように話しはじめた。

『ウチ、経理ですよ？　伝票やら書類やらが届くことはあっても、風鈴が届くって有りえないでしょ?!』

「ああ。経理部の方でしたか……」

『あ……』

所属部署も知られたくなかったのか、プツ、と通話が途切れた。

「え？　もしもし？　もしもーし！」

――切られた。とてもモヤモヤする状況で。

「経理に風鈴か……」

不思議に思いながら呟いてしまった。そんな私のひとり言を耳ざとく聞いていたらしい幸人が、

「風鈴って、夏場に家の軒下とかに吊して、風が吹くとチリンって鳴る、あの風鈴のことですか？」

と、頼んでもいないコーヒーをそっと私のデスクに置きながら聞いてくる。

社内で風鈴についての認識が共通しているところが面白い。

「そう。その夏場に家の軒下とかに吊して風が吹くとチリンと鳴る風鈴が、八百十五個も届いたんですって。経理部宛てに」

私はこのヘンテコな相談に脱力していたが、幸人はなぜか深刻な顔になった。

「今、三月の半ばですよ？　こんな季節はずれな時期に、軒下で涼しげな音をたてる風鈴が届いても、どうしていいかわかりませんね」

「………」

――季節の問題ではない。

そう思っていると、髪の毛にいっぱいカーラーを巻きつけている麗華が、さも可笑《おか》しそうに口を開いた。

「ユキトってば、バカねえ。季節外れとかそういう問題じゃなくて、八百十五個って数が問題なのよ」

思考がズレているという意味では幸人と同格だと思っていた麗華が、いつになくマトモなことを言うではないか。

「どーすんのよ、八百十五個ももらって。風が吹いたらうるさくて眠れやしないわよ」

――惜しい。やっぱり同レベルだ。八百十五個を全部吊す人間はいないだろう。

私が心の中でツッコミを入れてる隙に、麗華がうっとりとした表情になって、

「風鈴か……」

と、天井を見上げる。

「ミッドタウンでやってた風鈴祭、キレイだったなあ」

夏の日の思い出を回想するように胸の前で白い指を組む麗華。

「何回行っても飽きなくて、期間中、日替わりで色んな男性とデートしたんだけどぉ……」

そんなチャラいリア充の自慢話は聞きたくない。そう思っているのに、麗華が世界中から集められた風鈴が、いかにロマンチックで幻想的だったかを熱く語る。

「特に琉球ガラスの風鈴が、キレイだったなあ。いかにもビードロって感じの温かみのあるレトロなガラス細工なんだけど、幻想的で……。あ、でも、あのフェス、ウチの会社も協賛してたせいか、いっぱい知り合いに出会っちゃってぇ……」

ちがうボーイフレンドが鉢合わせになって、何度か修羅場になった、という話をケラケラ笑いながらする。

「深沢さんのリアルがいかに充実してるか、ってことはよくわかったから、ふたりとも、一旦、風鈴から離れなさい。問題はなんで頼んでもないものが大量に経理に送りつけられてきたか、ってことでしょ」

私が論点を修正すると、幸人が「そっか」と納得する。

「そうよねえ。なんで経理なんかに送られてきたか、が問題よねえ」

麗華も愛らしく唇を尖らせ、小首を傾げる。

今日は田口が学会に出席のため、休みをとっている。弁護士は相変わらず寝たきり。室長の梶原はネットに夢中。麗華と幸人だけでは、まともな議論ができそうにない。

ここのメンバーには期待すまい、と思っていたのだが、不意に麗華が、

「けど、自分のところで注文してないんなら、相談室に連絡するんじゃゃなくて、別の部署に『誰か風鈴、注文してない？』って確認するもんじゃない？　今朝届いたばっかなのに、ソッコーでウチに相談してくるって変よね？」

と、珍しく的を射た発言をした。

「確かにそうね」

そのツッコミには納得せざるを得ない。

「ですよねえ。相談者の動きが腑に落ちませんね」

幸人も腕組みをして考え込む。

うーん、と三人で首をひねっていると、向井弁護士がだるそうに体を起こし、うーん、と伸びをした。そして、眠そうな声で呟くように言った。

「嫌がらせじゃないか？」

「「嫌がらせ?!」」

不覚にも、使えないふたりと同時に声を上げてしまった。

「不要なものを大量に送りつける。嫌がらせの常套《じょうとう》手段じゃないか」

その向井の説明に、幸人が愕然とした顔になる。

「嫌がらせって、ピザとお寿司の出前だけだと思ってた……」

――そう思っていた根拠が知りたい。

向井がどうでもいいような口調で、

「つまり、本人も嫌がらせだってわかってるから、ウチへ相談してきたんだよ。たぶん」

と、それだけ言って、再び机に伏せてしまった。糸が切れたマリオネットのように。

「なるほど！　嫌がらせだとわかっているから、ヨソの部署に確認するまでもないということですね。わざわざヨソに『自分は嫌がらせをされるような人間だ』って、拡散することになっちゃいますしね」

幸人が拳でポンと手のひらを打つ。が、私は向井の意見を聞いて、逆に手詰まり感を覚えていた。

「これが嫌がらせだとしても、相談者が経理部の人間だということしかわからないし、今のままだと情報が少なすぎて動きようがないわね」

再度あの男から電話がかかるのを待つしかないと思っていた私に、麗華が、

「私、経理に知り合いがいるので、それとなく探ってみましょうか？　受け取った人、特定できるかも知れないし」

と、なぜかリップグロスを塗り直しながら、いつになく前向きに行動しようとする。

「そうね。ここでパックやコロコロしてるよりは建設的かもね」

皮肉交じりに言ってみたのだが……。

「ラジャ。では、建設的に行ってきまーす」

イヤミが通じないのか麗華はそそくさと髪のカーラーを外し、イソイソと出ていった。

麗華が部屋を出たのを見てから幸人が声を潜め、私に耳打ちしてくる。

「最近の深沢さん、ことあるごとに経理部へ行くんです。どうやら経理部の沼田《ぬまた》顧問、狙ってるらしいですよ？」

「え？　沼田顧問って……、確か、官庁からの天下り組だよね？　官庁から来る重役って、七十ぐらいの人がほとんどだったと思うけど」

「そうです。確か顧問はウチが三回目の転籍先なので、今年で七十五だと思います。白髪でヨボヨボの人です。そこがいいんだ、って、深沢さん、言ってました」

「…………」

美女と野獣……いや、美女と枯れ木……。どう考えても、遺産目当てとしか思えないのだが。

「年の差、五十歳ですからね。顧問も深沢さんのこと、孫みたいに可愛《かわい》くて仕方ないみたいで……。なんだか、微笑ましい年の差カップルですよね」

「は？」

心からふたりの恋を祝福するようにニコニコ笑っている幸人の純粋さに呆れた。


RuRuRu RuRuRu——。

麗華が経理部の聞き込みから戻ってくる前に、また電話が鳴った。

「は？　今度はプリンが届いた？」

同じ男の声だった。

『今度はムーランのプリンが……』

確か、〝ムーラン〟というのは銀座にある女子に人気のブリュレ専門店だ。

『プリンが二百十四個も……。どうしたらいいんでしょうか。このままだと上層部にバレてしまう……』

男は憔悴しきっているようだった。

大量の荷物が届けば、受付も、それを運び込まれる経理部も困るだろう。だが、男はそうやって会社に迷惑がかかっているこの状況よりも、上層部にバレることを恐れている。

向井が言うように、やはりなにか心当たりや、後ろめたいことがあるのだろうか。

なんにせよ、もはや電話相談で済むような状況ではない。

「お話、詳しく聞かせてください」

『わかりました』

ついに男は自分の名前を打ち明けた。

『経理部の長谷川《はせがわ》です』

受話器を肩と耳の間に挟んだまま、キーボードを叩き、社内イントラの社員名簿を確認した。

長谷川芳樹《よしき》。四十五歳。職位は部長だ。

「面着でお話ししましょう。この後、お時間いただけますか？　五階の第七会議室でお待ちしています」

『わかりました』

電話を切ると、やりとりを聞いていたらしい幸人が、

「プリンかあ……。風鈴も困りますけど、生ものは更に困りますねえ……」

とまた深刻そうな顔をして呟いた。

――だから、そういう問題じゃないんだって。

2

そのまま、私は五階へ上がった。

野次馬根性全開の幸人も同席したいと言ってきたのだが、今回購入したハウツー本に、『カウンセリングはアットホームな落ち着いた雰囲気の中で、一対一が効果的』と書いてあったので却下した。

梶原がお決まりの『二人一組』とか言いだす前に、そそくさと相談室を出て会議室へ向かう。本に書いてあったカウンセリングの心得を反芻しながら。

「カウンセリングは相手をむやみに刺激しないよう穏やかに、そして粘り強く。穏やかに、粘り強く」

心静かに相談者を待っていると、しばらくして、コンコンとドアを軽くノックする音がした。

「どうぞ」

会議室に入ってきた男性は、こちらと目を合わせないようにしてソファに腰を下ろす。

「お電話いただいた長谷川さんですね？」

「そうです」

伏せた視線を落ち着きなく泳がせている。

実年齢よりもずいぶん若々しく見えた。

髪の毛はきっちりセットされている。グレーのジャケットに淡いサーモンピンクのワイシャツ、ネクタイはミラ・ショーンだ。事務方にしてはかなりお洒落な部類に入るだろう。しかも、時計はフランク ミュラー。ファッションや持ち物に金をかけているのが一目でわかる。

「なにか?」

知らず知らず、じろじろ観察しすぎてしまったのか、相手が怪訝そうな顔をした。

「あ、いえ。では本題に入らせていただきます。ご相談は、注文した覚えのないものが、長谷川さん宛てに二件も届いたということですね?」

「そうです」

「それで。風鈴とプリンの代金はどうされたんですか?」

「払いましたよ。ぜんぶ引き取って風鈴もプリンも部下に配りました」

長谷川は不愉快そうな顔で答えた。

――なるほど。いつもよくやってくれてるから、とかなんとか言ってごまかしたわけね?

即座にそう思った私の心の声が聞こえたかのように、長谷川が、

「仕方ないじゃないですか。ずっと経理部に置いとくわけにもいかないし」

と、逆ギレ。が、私はマニュアルにあったノウハウどおり、

「ですよねえ。風鈴はともかく、生ものは困りますよねえ」

うんうん、と幸人の言葉を引用して相手の気持ちに同調する。

「そういう問題ではありませんが、とにかくこの悪戯《いたずら》をやめさせたいんです」

「わかります、わかります」

この事件を『嫌がらせ』ではなく『悪戯』と言い切る長谷川に引っ掛かりながらも、再び、うんうん、と頷く。

「今後は私宛ての宅配便は会社の受付で追い返してもらうとか、いったん相談室で引き受けてから返品してもらうとかしてください」

「うんうん、そうですね……は？」

さすがに黙って同調できなくなった。

「追い返されたら、持ってきた業者さんが困るんじゃないですか？　ウチだって大量の商品をいったん保管するなんて困ります。返品作業もウチの仕事じゃありません」

「それは……そうですが……」

長谷川がぼそぼそと言葉を濁す。

「対策については後でお話しすることにして、もう少し、現状を確認させてください。今までに、そういうことはなかったんですか？　自宅に大量の荷物が送られてくるとか」

その質問に、長谷川はムッとするような顔で反論した。

「ありませんよ！　どうして私がそんな嫌がらせをされなきゃならないんですか！」

「嫌がらせ？　さっきは悪戯っておっしゃったのに、なにか嫌がらせだと思う根拠でもあるんですか？　心当たりとか？」

向井の推測が頭の隅に残っていたせいだろうか、思ったままが口をついて出る。すると、長谷川は顔を真っ赤にして怒りはじめた。

「あんた！　一体、誰の味方なんだ！　そんな警察の事情聴取みたいな聞き方したり、揚げ足とったりして。一体、何様だ？　刑事か？　それとも納入業者の回し者か？　困ってる社員のための相談室なんだろっ？」

長谷川がいきなり声を荒らげる。人が変わったように。

その激昂ぶりが尋常ではない。向井が言ったとおり、嫌がらせに心当たりがあるのだろう。

「…………」

「わかりました。では、業者に注文した人を突き止めて、この『悪戯』をやめさせましょう」

長谷川はこの折衷案に一瞬ひるむような顔をしたが、すぐさま嚙みついてきた。

「は？　俺は犯人捜しを頼んでるんじゃない！　とにかく、おかしな荷物が経理宛てに届かないようにしてくれたらそれでいいんだって！」

――なに？　この人。自分勝手にもほどがある。

「ですが、それでは根本的な解決には……」

「とにかく！　二度とおかしな荷物が経理部に届かないようにしろ！」

最初は大人しかった猫が最後は牙をむき、虎になって吠えまくる。

「でも……」

「いいな！　頼んだぞ！」

犯人捜しはせずに、嫌がらせだけをやめさせる。そんな不可能に近い難題を投げつけたまま、長谷川は会議室を出ていった。

「何様のつもりよっ！」

私自身が爆弾でも送りつけてやりたいような気分になった。

私は怒りに任せ、スケジュール帳の下に置いていたハウツー本を床に叩きつけた。

奇しくも『カウンセリングは粘り強く』と書かれたページが開いていた……。

3

「というわけなんです」

私の報告を聞いた室長の梶原は相変わらずパソコンのモニターに夢中で、私の顔を見ることさえせず、

「だいたいの話はわかったけど……。困ったねえ……」

と、今回もあまり困っているようには聞こえない、のんびりとしたトーンで呟く。

――ダメだ……。今回もやる気なし……。

諦めて席に戻った私に、幸人が話しかけてくる。

「相当イヤなヤツだったみたいですね」

私が課長に報告しているのを盗み聞きしたらしい。

「ええ。最悪な男よ。あなたとはちがう意味でイラついたわ」

「………」

幸人が絶句し、

「イラつく？　主任が？　僕に？」

と自問自答して涙ぐんだ時、麗華がやっと経理部から戻ってきた。大量のプリンを抱えて。

「ただいま～&おみやげ～」

彼女は手際よく全員のデスクにプリンを配り終えると、自分の席について机の上に置いた美顔器のスイッチを入れ、堂々と顔にミストを浴びはじめた。

「経理部の空調、キッすぎるう。お肌、乾いちゃった」

「それで、なにか成果あった？」

私が尋ねると、ようやく肌も潤ってきたのか、麗華が笑顔を浮かべ、口を開いた。

「風鈴が届いたのは長谷川という部長宛てでした。その後、プリンも届いたって騒ぎになってて」

「それで配ってたプリンをちゃっかりもらってきたんですね？　さすが、深沢さん」

　と泣きそうになっていた幸人がプリン一個で復活。

「それがさぁ。プリンを部内で配ったって言えば聞こえがいいけど、長谷川部長、部下に半強制的に売りつけたみたいですよ？　これは、顧問が私に、って買ってくれた分ですけどぉ」

「部長のくせに、せこい！」

　ふたりの論点はプリンのことだけに集中している。

「長谷川情報はタッチの差でこちらでも入手したところよ」

　麗華が拾ってきた情報は、長谷川本人に会って聞いたことを伝えると、麗華は、まだありますよー、と自信ありげに笑った。

「それで、長谷川部長について経理の人たちに聞いてきたんですけど、部長はバツ4で、二年前に再々再々婚したみたいですよ？　あれ？『再』の数、合ってましたっけ？　ま、いいや。でも、実家は超資産家のくせに慰謝料、セコいって評判みたいです」

　優雅にブリュレをすくった幸人が、

「じゃあ、嫌がらせは離婚した奥さんの仕業じゃないですか？」

　と、自分の推理を述べた。

「そうね。確かに復讐《ふくしゅう》の匂いがするのよね。あの男なら恨みを買うような別れ方しててもおかしくないわ。とにかく自己中心的な男だったから」

声を荒らげる長谷川の顔が目に浮かぶ。

「もし、別れた奥さんが嫌がらせをしてるとしても、何番目の元嫁が犯人なのか特定するのが難しそうですね」

と困惑する幸人を見て、そうねえ、と白い霧に包まれる唇の端を可憐に持ち上げた麗華が続ける。

「五人目の奥さん、つまり今の奥さんは二十代半ばの元キャバ嬢で、部長のほうがメロメロなんですって。よくデートしてるみたいで、街で見かけた同僚が、イチャラブで仲良さそうだったって、証言してるんですよね」

「ふうん。懲りもせずに今も妻帯者なんだ」

「けど、どうして、長谷川部長は犯人を特定したがらないんでしょう。嫌がらせが前の奥さんによるものだったとしても、長谷川部長は被害者なわけだし。会社だって同情してくれるはずですよね」

表面のカラメルソースをスプーンの裏で撫でながら幸人が首を傾げる。

「だよね。今のうちに解決すれば、長谷川さんが責められることはないと思うんだけど。長引かせないためにも早く犯人を特定して、嫌がらせをやめるよう忠告したほうが得策のはずよね。なんでそうしないのかしら」

三人で思案していると、向井がやおら立ち上がった。

「推測だが、犯人を刺激したくないのかも知れんな。んじゃ、お先」

弁護士が片手を上げ、相談室を出て行く。六時きっかりに。

「お疲れ様でしたー！」

幸人と麗華が明るい声で送り出す。

「ていうか、あなたたち、なんでまだ会社にいるの？　昨日まで定時の五時ダッシュだったのに」

「だって、面白いじゃないですか」

幸人がサラリと言う。

「だよねー。今まで大した相談、なかったもんねー。これって、切れ者の主任が来てくれたお蔭かしら」

お世辞を言っている様子もなく、真剣な表情で言う麗華。

――まあ、このメンツじゃ誰も期待しないよね。

「よし！　このヤマ……じゃなくて、この相談を解決して、一気に相談室の汚名返上よ」

――そして、私の評価をアップ。

「え？　ウチの部署、汚名なんか着せられてました？」

心当たりがないような顔で目をパチパチと瞬《しばた》かせる幸人。

「え？　あ、まあ、今までミスするような相談もなかったとは思うけど、とにかく、嫌がらせをしている相手を特定しましょう。深沢さんは経理部の知り合いにそれとなく元嫁たちの情報を調査、澄川君は長谷川部長の動向を探って、逐一、私に報告してちょうだい」

「らじゃ！」

ふたりは元気よく返事をして、机の上を片づけはじめた。

「え？　帰るの？」

調査を続けるものだとばかり思っていた。

「え？　明日からですよね？　だってもう、定時を一時間も過ぎてますよ？」

「…………」

——やる気があるのか、ないのか、まったくわからない……。

そして誰も居なくなり、私も風鈴事件のこれまでの経緯を報告書にまとめてから帰宅した。

4

翌日の午後、長谷川が相談室に怒鳴り込んできた。

「おいっ！　どうなってるんだ！　また荷物が届いたじゃないか！」

いきなりのクレームだった。

机に伏せていた向井は怒鳴り声にびっくりしたように起き上がり、学会から帰ってきたばかりでまだ詳しい事情を知らない田口は長谷川の剣幕に目をパチクリとさせている。

「え？　とりあえず長谷川部長宛ての荷物は一旦、こちらに回してくれるよう、昨日のうちに受付へ頼んでおきましたが……」

会社宛てに届く膨大な郵便物や宅配荷物の受付は、依託業者の派遣社員がやっているため、あまり融通が利かない。それでも頼みこんで宛て名による分別をしてもらったのだ。

「また長谷川部長宛てになにか届いたんですか？」

そう尋ねると、私のデスクまで一直線に歩いてきた長谷川が、一瞬、返答に戸惑うように黙った。そして、苦しげに口を開く。

「今度は私宛てじゃない。経理部の別の人間に届いたんだ」

「え？　今度は誰宛てに、なにが届いたんですか？」

「………」

言いにくそうに、短い沈黙を守った長谷川は、再び声を荒らげた。

「そんなことはどうでもいい！　とにかく今後は経理宛ての宅急便やら郵送物は全部そちらでチェックしてくれ！」

「はあ？　経理宛てに届く伝票とか書類も全部ですか？」

「そうだ！　そっちで仕分けして、関係書類だけをこっちへ回すんだ。もちろん、秘密裡に、だ。どうせ、ヒマだろ？」

聞き捨てならない。言いたい放題にもほどがある。

「はあ？　こっちだって忙しいのよ！」

営業部の時のノリで言い返したが、長谷川は「どこが？」と半笑いになった。

弁護士はまた爆睡中だし、社内一の美女は床に敷いたマットの上でストレッチ中。サラブレッドはコーヒー豆を挽き、医師はぼんやりカルテを眺めているだけ。上司に至ってはネットに夢中……。確かにルーティーン・ワークがない分、私自身も暇と言えば暇だ。言い返せない今の自分が不甲斐ない。

「いいか。今度、変な荷物が経理部に届いたら、『お悩み相談室はまったく機能していない』って、総務部に直訴するからな！」

怒鳴りながら、イライラとスラックスの横で動いている左手の薬指。その指の付け根に薄っすらと白いラインがあることに気づいた。リングを外した跡のような、日に焼けていない白い線だ。

――あれ？　長谷川部長、また離婚したの？

「じゃあ、頼んだぞ！」

言いたいことだけ言って踵《きびす》を返した長谷川が相談室を出て行った。

「あ、ちょ、ちょっと……！」

呼び止めようと相談室のドアを開けた時、廊下を歩き去る長谷川の向こうに女性の姿が見えた。四十代前半だろうか。セミロングの髪をひとつに束ねた細身の女性が、階段の手前で長谷川になにか話しかけている。どことなく薄幸そうな顔立ちに不安げな表情を浮かべている彼女の右手が、長谷川の二の腕あたりに添えられている。妻と元嫁以外の女が出てきた。

――うん？　これって、どういうこと？

これまで営業のトップとして『数字』という明確な目標に向かって仕事をしてきた私が、こんな不明瞭で複雑な問題を解決しなければならないなんて……。

溜め息をつきながら相談室へ戻ると、麗華と幸人が話していた。

「ユキト、見た？　長谷川部長、指輪してなかったね、エタニティ・リング。今の奥さんは、イチャラブなのに、結婚指輪しない主義なのかな」

「そうでした？　よく見てますね～。さすが恋愛マスター」

幸人が感心したように笑っている。

――確かにリングはしていなかった。けど、薬指に白い指輪の跡だけはあった……。

「深沢さん。長谷川部長が再婚したのっていつ？」

「確か二年前ですよ」

「二年も前？　さっき、長谷川部長の薬指に日焼けしていないリングの跡らしき白い筋が見えたの。二年前の離婚以来、ずっと指輪をしてないのだとしたら、あんなに白いわけがないわ」

すると、机に伏せていた向井が不意に顔を上げた。

「浮気だろ。男が結婚指輪を外す理由はそれくらいだ。それでも夫婦仲が悪くないんなら、愛人の前でだけ外してるんだよ。そして家に戻ったら装着、みたいな」

「つまり、不倫？」

「だろうな。んで、会社で見た時に指輪を外してたんだったら、相手は社内ってことじゃないか？」

いつものだるそうな言い方だが、なかなか鋭い推理だ。

「社内不倫か……」

私が呟くと、向井は、

「定時までにあの男が嫁か愛人に刺されて刑事事件に発展したら起こしてくれ」

と縁起でもないことを言って、再び机に置いた腕の上に顔を伏せた。

「不倫……」

私がもう一度、呟くと、幸人が、「あ！」となにかひらめいたようにポンと手を打った。

「不倫だから、風鈴なんじゃないですか？」

「は？」

「風鈴と不倫をかけてるんですよ、きっと。不倫してる長谷川部長に向けた犯人からのメッセージにちがいありません。あなたの風鈴……いや、不倫、知ってますよ、って」

「は？　アンタ、な、なに言って……」

ついに幸人を『アンタ』呼ばわりし、目をパチパチさせてしまった。

が、素晴らしい発明でも思いついたように目を輝かせている幸人を麗華が褒め称える。

「やるう！　ユキト、あったま、いい！」

すると、すっかり名探偵気取りになった幸人が、

「それでプリンの謎も解けました」

と、椅子から立ち上がり、かけてもいないエア眼鏡をくいっと持ち上げる仕草をする。

「きっとプリンも不倫に引っかけてるんですよ。あなたのプリン知ってます、って」

「…………」

呆れ果ててものが言えない。なのに、麗華はますます瞳を輝かせ、ワクワクするような表情だ。

「それで、それで？　犯人は誰なわけ？　ユー、言っちゃいなよ」

すると、幸人は急に戸惑いの表情を見せてトーンダウンした。

「えっと……。犯人は……。わかりません」

がっくりとうなだれる幸人。ユー、ダメじゃん、とダメ出しをした麗華が、その後を引き継ぐように『わかった！』と言って立ち上がった。

「メッセージを送ってる犯人は、部長の今の奥さんじゃないでしょうか。実はキャバ嬢だった奥さんは男性心理に精通しているから、夫の不倫に気づいてて、怒って嫌がらせをしてるんですよ、きっと。不倫という言葉に似たプリンと風鈴を送りつけることで」

もう聞いていられない。

「有りえないでしょ！　なんでイチャラブの奥さんが、旦那への怒りをぶちまけるために風鈴だのプリンだのを夫の職場に大量に送りつけないといけないのよ！」

「そっか……。不倫に気づいてないから、イチャラブなんですよね……」

麗華もがっくりとうなだれ、椅子に座る。推理に行き詰まった名探偵ふたりが、

「難解ですね……」

と、打ちひしがれた様子を見せる。

しばらくして幸人がまた名推理を思いついたように立ちあがった。

「あ！」

「じゃあ、犯人は社内にいる愛人のほうじゃないですか？『私たち不倫してます！』って周りに知らせるために、風鈴にかけてプリンと不倫を……あれ？こんがらがっちゃった……テヘ」

またイライラしてきた。

「ふたりとも、とにかく、風鈴とプリンっていうアイテムから一旦離れなさい」

「はい……」

項垂れたふたりの迷推理のせいで、こっちが混乱しそうだ。

「とりあえず、状況を整理するわ」

私はホワイトボードの前に立ち、わかっている事実だけをピックアップして黒いマーカーで羅列した。そして、推測の部分は青い文字で書き込む。

「送られてきたのは大量の風鈴とプリン。長谷川部長の反応からして、これが嫌がらせであることは間違いないとして……。部長には四人の元嫁がいる。今の奥さんとは円満。ま

だ確定ではないけど、部長は社内不倫している気配がある、と」

「そうなると容疑者は四人の元嫁と不倫相手ですかね」

　幸人がホワイトボードに赤いマジックで印を付けた。

「でも、イチャラブの奥さんとの再婚が二年前だとしたら、最後の元嫁との離婚はそれより前ってことになるわよね。なぜこのタイミングで沈黙を破って嫌がらせをするのかしら？」

　私の疑問に、ローションを染み込ませたコットンでパッティングをはじめた麗華が口を開く。

「じゃあ、やっぱり犯人は不倫相手じゃないですか？　なかなか奥さんと別れてくれない部長に苛立ってるとか……」

「けど、そんなことして嫌われたら元も子もないでしょ？」

　私が言い返すと、麗華がチッチッチ、と舌を鳴らしながら、指を横に振る。

「だから、ですよ。自分で長谷川部長を追いつめてシロクロつけることができないから、風鈴だのプリンだの、不倫を匂わせるようなアイテムを送りつけることで、周囲に自分の存在を知らしめる。そうやって揺さぶりをかけて、本気で略奪するつもりなのよ、きっと」

「そうそう！　プリンと風鈴で、私たち不倫してまーす！　ってメッセージを同僚に向けて発信してるんですよ、きっと！　そんなことされたら、部長、ドキドキしちゃいますよね。重い腰も上がるかもしれない」

幸人も麗華の推理にのっかる。

「略奪愛……。説得力はあるわね。なかなか離婚してくれない部長に揺さぶりを……か」

さっき見た女子社員の姿が彷彿とした。その姿には上司と部下の関係には見えない親密さが感じられた。

——あれが不倫相手なんだろうか……。けど、不倫にプリンと風鈴をかけるなんてバカなことするかな……。

考え込んだ私に、幸人が何気ない調子で、

「そうそう。不倫と言えば、松坂主任、『ゲスノート』って知ってます？」

と聞いてくる。

「は？　デスじゃなくてゲス？」

「そうです。ゲスノート。そのノートに名前を書かれた者は、必ず不倫してしまうという恐ろしい都市伝説があるんです」

思い出すのもおぞましいことであるかのように、震えながら自分の腕を撫でる幸人。真面目に聞き返した自分が腹立たしい。

「バカバカしい」

幸人の話を一蹴し、今日、経理宛てに届いたという荷物の伝票を確認するためにロビーへ降りた。

「こちらになりますが」

受付の女性が怪訝そうに差し出した受領伝票は、まだ部署ごとに仕分けされてない状態だった。半日分と思われるが、一センチほどの厚みがある。

その場で伝票をチェックした。

「あった……これだ……」

宅急便の伝票には、『経理部財務管理室、小渕陽子《おぶちようこ》様』という宛先と、『タンバリン、百三個』という品名が記載されている。

「タ、タンバリン？」

「はい。今朝、段ボールで届きました」

私が聞き返すと受付の女性も困惑気味に答える。

――風鈴とプリンとタンバリン……。幸人のように荷物の内容だけに着目するなら、不倫という語呂からは逸脱している。三つのアイテムにはもはや『リン』という二文字にしか共通点がない……いや、語感やアイテムに惑わされてはいけない。

私はブルブルと頭を振った。

その伝票のコピーをもらって相談室へ戻ると、幸人と麗華は長谷川の不倫の話で盛り上がっていた。田口も、「びっくりするほど尊大な男でしたね」と、苦笑している。

「ところで、深沢さん。経理部の小渕陽子って人、知ってる？」

私がそう尋ねると、麗華は愛くるしい顔におっとりとした笑みを浮かべた。

「知ってますよぉ。確か長谷川部長と同期だから四十代半ばですかね。ほっそりしてて、髪の毛明るめのセミロングで。ちょっと幸薄そうな顔してますけど、そこそこの美人ですよ？」

さすが元銀座ナンバーワンホステスの記憶力だ。

「やっぱりあの人か……」

さっき廊下で長谷川と親密そうに話していた女性の風貌にあてはまる。

「え？　もしかして、小渕さんが長谷川部長の愛人なんですか？」

「まだ確定ではないけど、多分ね」

目を丸くした麗華が、ぽつりと呟いた。

「じゃあ、あのふたり、私が風鈴フェスで会った時もデートだったんだ……」

「え？　あのふたりが外で会ってるとこ、見たの？」

「はい。でも、結構、会社の人たち、来てたんですよぉ。経理部が団体で来てたのかと思ってました」

「それ、早く言ってよ！」

「だって、愛人って、もっと若い子かと思うじゃないですかぁ。二十代の奥さんがいるのに、四十代の同僚とデートしてる、とか思わないですよ。どう考えても、仕事だと思うじゃないですかぁ」

七十代の顧問を狙っている二十五歳らしい発言だ。

「で、今度はなにが届いてたんですか？」

幸人が興味津々の顔で尋ねる。

「タンバリンよ。しかも、今回は小渕陽子のほうに」

「え？　じゃあ、不倫相手が犯人じゃなかったんですか？」

麗華は意外そうだった。

「そうね。自分で自分に送りつけるなんてことしないでしょ、ふつう」

「風鈴に、プリンに、タンバリンか……。フウリン、プリン、タンバリン。フウリン、プリン、タンバリン。早口言葉……いや、なにかの呪文ですかね？　傲慢な男を地獄に落とすおまじない、とか」

幸人が真顔で聞いてくる。

――んなわけ、ないだろ！

もはや声帯を震わせ、このツッコミを口から出す労力が惜しい。

「送りつけられたアイテムよりも、この数字のほうになにかメッセージが隠されてるんじゃないかと思うのよね」

私はホワイトボードに書いたこれまで送られてきたアイテムの横にその数量を書いた。

「風鈴が八一五、プリンが二一四、タンバリンが一〇三……」

頭をひねったが、共通点は見つからない。

「わかったぞ！」

声を上げたのは、ムクリと起き上がった向井だった。

「び、びっくりした……」

四人同時に肩をビクリと跳ね上げていた。

「その数字、全部、この会社が休みの日だ」

「え？」

向井が卓上カレンダーをめくりはじめた。

「一月三日は冬季休暇中。八月十五日は夏季休暇中。二月十四日は会社の創立記念日だ」

向井が送り付けられたものの数量を日にちに置き換えて説明する。年末年始に盆休み、二月十四日に関しては記念行事に出席する役員以外は特別休暇がとれる日だ。

「なるほど……」

全員が唸り、向井はドヤ顔だ。

――ていうか、寝たきり弁護士が、いつも私たちの会話を聞いていることに驚く。

「そういえば、そうだわ。この会社、バレンタインデーがお休みだから、楽しさ半減なのよね」

と、麗華が桜色の唇を尖らせるようにして漏らした。

「なんで半減？」

「社内でひとりずつ、こっそり給湯室に呼び出したり、中庭に誘い出したりするの、なんだか背徳感で盛り上がるじゃないですかあ」

「……」

呆れている私に気づいた様子もなく、麗華が続ける。

「お休みの日に時間をズラして場所変えて待ち合わせなんて、ほんとにタイムロス。お蔭で今年も『本チョコ』は八つしか渡せなかったっていう苦い思い出だわ」

――八個……。それは、もはや本命チョコではないような気がする。

そんな世間の常識などにはお構いなく、麗華がバレンタインデーの回想を続ける。

「そうそう、今年のバレンタインデーは銀座のムーランで『恋人たちのアフタヌーン・ティー』っていうロマンティックな限定メニューがあったなぁ……。メインはハート形のプリンに情熱的なベリーソース。私はひとりに絞れなくて行けなかったけど」

お茶しちゃうと二時間ぐらいロスタイムでるから、と麗華が寂しげに笑う。

――二月十四日……。ムーランのプリン……。恋人限定メニュー。

微かに謎を解く糸口が見えてきた気がした。

「これは仮定だけど、長谷川部長が不倫相手とムーランへ行ってプリンを食べた日が二月十四日だったとしたら……。届いたのが、プリン二百十四個。だとしたら……風鈴は……。深沢さん！　風鈴フェスで長谷川部長と小渕さんを見かけたのって、何日？」

麗華は、えっと……と手帳を開き、ハートマークだらけのスケジュールをチェックした。

「あ！　確か、去年の八月十五日！　ケンちゃんとフェスに行った日だったから」

――誰だ、ケンちゃんって……。まあ、それはいいとして。

「ふたりが八月十五日に風鈴フェスでデートした後、風鈴が八百十五個届いた。これで謎が解けたわ」

「どういうことですか？」

私が断言すると、幸人も麗華もキョトンとしている。

「犯人は脅しをかけてるのよ。ふたりが密会した日にちと場所を知ってるぞ、って」

なるほど……、と腕組みをしてうなずいていた幸人が聞いた。

「じゃあ、タンバリンは？」

「……それは……まだ、わからないけど……。きっとタンバリンがあるような場所に行ったのよ、一月三日に」

「正月休みにタンバリンかあ……。なんだか楽しそうだな。で、犯人は誰なんですか？」

数量の謎が解けても、幸人の質問に答えられない。

「それも、まだわからないわ。けど、長谷川部長が不倫をネタに強請《ゆす》られてるのは間違いない」

一流企業の管理職が不倫をネタに強請られるなんて、それは会社としても由々しき問題だ。それがわかっているからこそ、プライドの高そうな長谷川があえて相談してきたのだろう。

「とにかく。次の日曜日、長谷川部長を尾行してみるわ」

こんな刑事みたいなことばかりしている自分が情けない。が、じっとしていても問題は解決しない。

「僕も！　僕も尾行に付き合います！」

幸人が喜々として手を挙げる。

「じゃあ、私は小渕陽子を見張ります！」

負けじと麗華が手を挙げる。

「あ。じゃ、僕も行きますよ。車、あったほうがいいですよね？」

田口が小さく挙手。

「仕方ねーな」

向井が、とりあえずバイトの時間までなら、と伏せたまま右手を上げて参加表明した時、

「あのお……」

と、梶原室長が遠慮がちに声を投げてきた。

「盛り上がってるところ、水を差すようで悪いんだけど、時間外とか休日出勤とか、ウチの課では予算ないから、手当つかないよ？　やるんなら、個人的な趣味としてやってね？」

――趣味……。

『手当』がもらえないことよりも、休みの日に、感じの悪いオッサンを尾行することを『趣味』と位置づけられてしまったことが悲しい。

「お言葉ですが、室長。事前に相談を受けていながら、みすみす大きなトラブルに発展す

るようなことがあったら、この相談室の存在意義を問われます。つきましては、本件が解決した暁には、私たちの評価を上げてください」

「いいよ」

梶原があっさりと承諾した。

——ヨシ。ここでの実績を手土産に私は必ず営業課長にカムバックしてみせる！

5

「ただいまー」

いつものように、競馬新聞を顔に載せたままリビングでうたた寝している父の体をまたぎ、上着を脱いでキッチンへ入る。

「おかえり、紫音。すぐに夕飯にするわね」

エプロン姿の母が上機嫌で鼻歌を歌いながらネギを刻んでいる。

「なにか、いいことでもあった？」

聞きたくはなかったが、リスク管理の一環として尋ねておく。

「うふふ。聞いてくれる？」

そのやけに嬉しそうな顔を見て、とても嫌な予感がする。過去の経験上、母が機嫌のいい時はとんでもない災いに片足を突っ込んでいることが多いからだ。

「お母さんね、ローズ・ライフ・セミナーのプラチナ会員になったのよ？」

もっと悪い想像をしていたせいか、軽く拍子抜けした気分だ。

「へえ」

生返事をして冷蔵庫のミネラルウォーターに手を伸ばす。

「へえ、って……。ちょっと、紫音！　これって、すごいことなのよッ？」

私の無関心な反応が不服だったらしく、自分が通う啓発セミナーのプラチナ会員がいかにすごいステイタスであるかを力説する。

鬱陶しくなってきたのでミネラルウォーターとグラスを持ってリビングに移動したのだが、母は味噌汁の椀に入れるはずのネギをまな板の上に放置したまま私についてくる。

「紫音、よく聞いて」

ついにペンをとり、広告の裏に絵を書きはじめた。

「この底辺がホワイト会員さん。お母さん、ここからはじめて、会員の中でもわずか３％の人しかなれない一番上のランクに上がったのよ？　そりゃあ、大変だったわよ」

母の苦労話などどうでもよかったのだが、このままでは終わりそうにない。

「どう大変だったの？」

ペットボトルの水をグラスに注ぎながら尋ねると、母はパッと顔を輝かせた。よくぞ聞いてくれました、とでもいうように。

「セミナー会員の証であるこのライフ・ストーンには、その人に合った、色々なタイプの幸運が凝縮されてるの」

　自分の手首の薄いピンク色の石が連なったブレスレットをうっとりと見つめる母。

「このストーンで、どれぐらい沢山の人たちの人生を救うことが出来るか。それが評価の基準なの」

「つまり、いっぱい売った人間がどんどん上へ登る、教祖様は下の会員からどんどんマージンを吸い上げる、そういう金まみれの怪しげなシステムなわけね？」

「なに言ってるの！　失礼ね！　そんないかがわしいシステムじゃないわよ！　ほら、よく、見て！」

　怒りで顔を赤くしながら、母が再び広告の裏に書いた図を指さす。

「会員さんの紹介で初めてストーンを買った人がホワイト会員さん。その人が実際にストーンを身に着けてみて、その素晴らしさがわかったら、自分が大切に思っている誰かにその価値を伝えるわけ。それで購入者が十人になるとランクがひとつ上がってシルバー会員さんになるのよ。そしたら、会長先生から感謝料として代金の十パーセントが授与されるわけ。次のランクになると二十パーセント。ランクが上がるごとに感謝料も上がるの。わかる？　感謝料。マージンとかそういう下品なものじゃないの。会長先生からの感謝のお気持ちなのよ」

　と、熱く語りながら広告の裏に書いた説明書きは、私が想像していたとおり見事なピラミッドを形成している。売った会員には感謝料という名のマージンが入るわけだから、完璧なマルチ商法だ。

「ある意味、すごいわ」

本気でそう思い、溜め息が出た。

「でしょ？　すごいでしょ？」

「そこまで信じ込ませるなんて、ほんと、すごいマルチだわ」

おいそれとは、このセミナーと手を切らせることができないだろう、と直感した。

「は？　マルチ？　こういう素晴らしいシステムのことをマルチっていうの？」

「うん。完全にマルチ。でも、あんまりよそで言わないようにね。ご利益が減るから」

母は真剣な顔をして、わかった、と深く頷いた。

母が「マルチ」という単語を吐いた途端、お隣の山田さんとの仲は決裂するだろう。今の母にとって山田さんだけが心のよりどころだ。その関係は温存してやりたい。ただ、これ以上、注ぎ込む金銭や労力が増えなければいいのだが……。

どうしたものか、と溜め息が出た。

6

そして、三月十七日の日曜日。

世田谷の自宅を出たところで、パパパッと鳴らされたクラクションの音に振り返る。

なんとなく見覚えのある高級車がすーっと走ってきて、パワーウィンドがゆっくりと降りた。

車内にニヒルな男の顔が見えたかと思いきや、サングラスをとると愛嬌のある知った顔。

「あれ？　田口先生？　どうされたんですか？　張り込みする長谷川部長の自宅付近に集合のはずですよね？」

「すみません。長谷川部長の自宅住所を入力したつもりだったんですが、迷ってしまいました」

見れば運転席前のパネルには最新式と思われるナビゲーションシステムが燦然と輝いている。たぶん、マイクに向かって話しかけるだけでコンピューターが勝手に目的地まで案内してくれると思うのだが……。

「部長の自宅と私の家って、ぜんぜん方角がちがうと思うんだけど……」

「え〜？　ほんとに？　主任、一緒に乗ってナビしてもらえます？」

田口が泣きそうな顔で言う。

「わかりました」

先が思いやられる、と思いながら助手席に乗り込んだ。

「空いてますね」

田口が言うように、休日の朝の国道は渋滞もなく、車の流れはスムーズだ。

窓の外には清浄な午前の空気の中に沈んでいる人気《ひとけ》のないオフィス街。車内に流れるバロックの微かな音を聞いているうちに、山の手の街が見えてくる。

やがて到着した閑静な住宅地の一角にあるゴミ収集所の前に、幸人がぼやっと立っていた。そこへ半透明のゴミ袋をふたつ抱えてやってきた主婦が、不審そうに幸人を見ている。

「澄川君！　早く乗りなさい！」

急いで車を降りて声をかけると、サラブレッドの顔がこっちを向いた。

「あ！　主任！　田口先生も、おはようございます！」

丁寧に挨拶をしながら幸人が後部座席に乗り込み、再び私が助手席に座ったのとほぼ同時に、ゴミ収集所から少し離れた住宅の門扉が開いた。

調べてきた番地からして、長谷川部長の自宅はあの辺りのはずだ。

「頭、下げて！」

私の号令で車内にいる全員が体を屈《かが》めた。

恐る恐る頭を上げて門の開いた家のほうを盗み見る。

長谷川がフリルのついたエプロン姿の若い女に見送られてガレージに向かっている。あれが、麗華の言っていた二十代の嫁なのだろう。

いってらっしゃい、という風に手を振る女の、男を蕩《とろ》けさせるような仕草。距離を置いている車内にまで甘い色香が漂ってくるようだ。

ところが、長谷川の運転する白いセダンがガレージを出て右折した途端、彼女の顔から表情が消え、ガチャンと乱暴に門扉を閉める。私はその豹変ぶりに気を取られながらも、目的遂行のために命令した。

「田口先生。車、出してください！　さっきの車を追って！」

「え？　あ、はい！」

発進にもたつく田口に更に畳みかける。

「早く！　そこの角は右折！　見失っちゃうじゃないですか！　急いで！　ぴったり後ろに張りついて！」

ようやく長谷川の車に追いつき、国道に出た時、バックシートから後ろを見ていた幸人が声を上げた。

「あれ？　後ろのタクシーに乗ってるの、長谷川部長の奥さんじゃないですか？」

「え？」

大きな道に出て私たちの車が長谷川の車の後ろについた時、一台のタクシーが追ってきた。その後部座席に、ついさっき夫を見送っていた妻の姿が見える。つまり、私たちが乗った車は、長谷川の乗用車と彼の妻が乗るタクシーに挟まれる格好になっていた。

「奥さんも長谷川部長をつけてるってこと？」

その私の質問に幸人が答える。

「多分……。しかも、長谷川部長の奥さんのほうが尾行し慣れてますね」

幸人が感心したようにバックミラー越しに後続車を見つめている。

「は？　慣れてる？　澄川君、それどういう意味？」

発言の真意を尋ねると、彼は真顔で説明した。

「尾行には地元のタクシー会社を使うのがいいそうです。裏道まで知り尽くしてるから。それと、車を一台、間に入れて追いかけるのが尾行の鉄則だ、ってなにかのドキュメンタリー番組で探偵の人が言ってました」

「は？　そうなの？　澄川君、それ、早く言ってよ！　田口先生も、なんで部長の車の後ろにぴったりくっついちゃったんですか！」

「だって、すぐ追いかけろ、後ろに張りつけって言ったの、松坂さんじゃないですか」

「………」

言われてみればそうだった。

幸人がチラチラとタクシーのほうを振り返りながら、また口を開いた。

「これって、つまり、奥さんも長谷川部長の不貞を疑って裏を取ってるってことなんですかね？」

「そうね。もしかしたら、奥さんはこうやって旦那が出かける度に尾行してて、バレンタインのプリンデートも、夏季休暇中の風鈴デートも、全部知ってたのかも……」

「となると、やっぱり嫌がらせの犯人は奥さんですかね」

ふと見たルームミラーの中の幸人が考え込むように腕組みをしている。

田口もハンドルを握って前方のセダンを見つめたまま、不思議そうに言う。

「けど、夫の浮気に気づいてるんだったら、なんで自宅で問い詰めないんだろう。こんな嫌がらせで旦那が会社をクビになったりしたら、奥さんは困らないのかなあ。部長は資産家らしいから、クビになってもいいのかなあ」

田口もハンドルを握ったまま、前を見据えて首を傾げる。

「これはあくまでも想像だけど奥さん、愛人が社内にいることも知ってて、いっそ旦那を会社に居られなくさせたいのかもね……」

私自身も、長谷川夫人の真意を計りかねていた。と、その時、田口が言った。

「あ！　ラブホに入りますよ！　ほら、ウィンカー出してます！」

今度は幸人が声を上げた。

「ど、ど、どうするんですかっ！　このまま通り抜けちゃっていいんですか？　いや、これはもう、僕たちも三人で入るしかないですよね！」

幸人がやたら動揺しているような声で私に尋ねる。

「三人でこんなところに入る意味がわからないわ。この先で待機に決まってるでしょ」

私の一声でホテルから遠ざかる車のバックミラーに、タクシーから降りる長谷川の妻が映った。ホテルを見上げ、スマホで建物の写真を取り、なにかをメモしているようだ。

――これは……。

それを見た瞬間、私は迷惑な荷物の送り主が長谷川の妻だと確信した。多分、彼女は自分の夫がここで逢い引きしていることを知っている。

私はスマホの地図アプリを使って、さっきのホテルの名前を調べた。

「あった！　ホテル・タンバリン……。カラオケルームが自慢の全三十室……。ビンゴね」

　これでタンバリンの謎が解けた。一月三日にも長谷川はここで誰かと密会したのだろう。

「とりあえず、この路地を出ます。一方通行だから、あのタクシーは必ずこっちへ出てくるはずなので」

　田口の判断でホテル街を抜けたところにあるコンビニの駐車場に入った。

　その駐車場に目立つオープンカーが停まっている。運転席には青年実業家風の男。そして助手席にはサングラスをかけ、つばの広い帽子をかぶった女優のようなオーラを放っている女。

「あ！　あれ、深沢さんだ！　深沢さ～ん！」

　幸人が窓から身を乗り出して手を振る。サングラスを外した美女は確かに麗華だった。

　運転席の実業家風とデートを兼ねて尾行していたのかと思いきや……。

「あ……。向井さん……」

　田口の声でオープンカーの後部座席に目をやると、そこには死んだように眠っている弁護士の向井。

「向井さん、そこまでして……。これって、参加することに意義がある的なヤツなんですね」

　田口がしみじみ呟く。

「さあ？」

向井がなぜ手当も出ない尾行に参加しているのかがわからない。

「ただのノリのような気もするけど」

私が肩をすくめた時、オープンカーから身を乗り出した麗華が、「みんなで、お茶しませんかー？　彼のお店で」と、親指で運転席の男を指さす。

――なんで私が休みの日にこのメンバーでお茶しなきゃいけないのか、意味がわからない。

なのに、「はーい！」と、私が返事をする前に幸人が快諾してしまった。

麗華の尾行に車を提供した彼は、外食産業の若きオーナー社長だとかで、先を走っていくオープンカーは郊外の洋館風レストランの前で止まった。

「深沢さん。あのコンビニに居たってことは、小渕陽子もあのホテルに入ったのね？」

席に案内されるのも待ちきれず、レストランの広いエントランスホールで尋ねた。

「はい。自宅から自分で車を運転してきてホテル・タンバリンに入りました」

麗華が白い歯を見せてニッコリ笑う。

「これで、休み明けに三百十七個のタンバリンが送り付けられてきたら、私たちの推理は当たってることになるわね。そして、ここへ入った日を知ってるのは、部長の奥さんと、当事者のふたり。第三者の線は消えた。動向からして犯人は奥さんね」

幸人が目を丸くして、

「さ、三百十七個のタンバリンって、軽トラックいっぱい分ぐらいですかねえ。一個三千円としても百万円弱か……痛い出費だな。それにしても、フウリン・プリン・タンバリン・タンバリン。すっかり語呂が悪くなっちゃったな」

と、どうでもいい部分だけをチョイスして考えることに関して幸人は天才的だ。

オーナー社長は店の奥に入って行き、私たち四人はギャルソンに案内されて真っ白なテーブルクロスのかかったテーブルを囲む。

――あれ？　四人。あ。向井弁護士を放置してきた。ま、いっか。

「奥さんが犯人だとして、どうして家で追及せずに会社で嫌がらせをするんでしょうか」

向井がいないことに気づいていない様子の田口が首をひねる。

麗華も向井のことはすっかり忘れている様子で、メニューを開きながら、

「問い詰めるなんて、プライドが許さないいんじゃない？　ナンバーワンキャバ嬢の名に傷がつく、みたいな」

と、長谷川夫人の気持ちを想像する。

「復讐かもよ？」

私の推理を聞いた幸人が、「復讐？　奥さんが？」と、早口で聞き返してきた。

「これはあくまでも想像だけど……。メチャクチャ怖いじゃない？　自分の不貞を知って、会社にリークするかも知れない誰かがいる。それが嫁かも知れないし、他の誰かかも知れない。けど、なんとなく疑っている嫁は笑顔を絶やさず、毎日笑って自分を送り出す。

想像するだけでゾッとするわ」

「確かに怖いですね……」

幸人が寒そうに身を縮める。

「長谷川部長にしてみたら、すぐにでも不倫を清算したいところだろうけど、相手が社内の人間だけにそう簡単にもいかないんでしょ」

私の推測に、田口が頷いて、

「ただ、長谷川部長も相当ビビッてるだろうから、そろそろ小渕さんとの関係を清算するかも知れませんね」

と長谷川の次の行動を予想した。

「そうなる前に調べたこと全てをぶちまけて謝罪させてやるわ」

そうだそうだ、と盛り上がり、全員がケーキとコーヒーをご馳走になったところにひょっこり向井が現れた。

「車に放置するなんて、ひどいじゃないか。誰か起こしてくれてもいいだろ」

私以外の三人は本当にうっかりしていたらしく、向井を見てハッとした顔だ。

「いや、遅いなあ、向井さんって、言ってたところなんですよ。あ。どうぞ、どうぞ」

どう見ても四人用のテーブルに、田口が慌てて隣の席から椅子を運んでくる。

「………」

納得のいかない様子で首を傾げながら、向井がテーブルについた。その時、ホールの一角に現れた四重奏楽団が優美な音楽を奏ではじめる。

その音楽があまりにも心地よかったのか、再び向井は俯いてウトウトしはじめた。

「とりあえず、今日の調査はここまでにしましょ。じゃ、解散！」

私は高らかに宣言して立ちあがったが、他の三人は向井を気にして席を離れられない様子だった。

7

月曜日の朝、案の定、受付から大量の段ボール箱が経理宛てに届いたという連絡が相談室に入った。

台車で引き取りに行くと、大きな段ボールが三つ。開封するまでもなく、送り状に『タンバリン』と書いてある。ビンゴだ。

「どこに保管しておきましょうか……」

受付嬢が憂鬱そうな顔をする。

受付にしても相談室にしても、こんな個人的なことで振り回され、本当に迷惑な話だ。しかも当事者である長谷川本人の偉そうな態度が気に食わない。

――今日こそ、あの男に全てを白状させて迷惑をかけた部署に謝罪させる。

まずは昨日の尾行でわかった事実とタンバリンの送り状を長谷川本人に突き付けて、社内不倫を認めさせよう。そして、そのせいで受付や相談室が迷惑を被《こうむ》っていることを謝罪させて、家庭のことは家庭内で片付けろ、と言ってやる。

そんなことを考えながら、長谷川を相談室に呼び出した。

「月末の忙しい時期に、なんの用なんだ、一体」

ブツブツ言いながら相談室に現われた長谷川は、低い衝立で囲われている応接スペースに入って来た。

——私たちがなにも知らないと思って、いい気なもんだ。

「手短にしてくれよ？」

不機嫌そうな顔をしてドスンと向かいのソファに腰を下ろす長谷川。

同席しているのは幸人だけだが、他のメンバーも仕事をするふりをしながら、こちらの話に耳を傾けているのがわかる。

よし。まずは事実確認からだ。

「長谷川部長。今朝、タンバリンが三百十七個届きました。九十五万一千円の請求書が入っていましたが、どうされますか？」

すると、長谷川は苦虫を嚙み潰したような顔になったが、この事態を予測していたのか、

「私が払う。それでいいだろ」

と、相変わらずの身勝手さだ。受付や相談室の苦労などなんとも思っていない。

「長谷川部長。単刀直入に伺います。これまでの一連の迷惑行為、つまり嫌がらせはあな

たが社内不……」

不倫を糾弾しようとした時、隣に座っている幸人が私を肘で突いた。

「え？」

目くばせしてくるので、なんだろう、と訝りつつ、幸人の視線の先を追う。幸人の目は長谷川の左手を見ていた。

「あ……！」

思わず息を呑んだ。長谷川の薬指に、これまで無かった結婚指輪が輝いていたからだ。

――もう結婚指輪を社内で外す必要がなくなったということは……。もう小渕陽子を切り捨てたってことなの？　昨日、一緒にラブホに行ったのに？

うすうす迷惑宅急便の送り主が嫁だと気づいていた長谷川はその脅しに耐え切れなくなって、陽子との関係を清算したのだろう。とすれば、昨日は別れ話のためにホテルで会っていたのだろうか。

もし、陽子が別れ話に応じ、長谷川が愛人との逢瀬をやめれば、もう嫌がらせの荷物は届かない。そう確信しているのだろう。これが最後の荷物だと。

――もう私たちの出る幕はなく、相談は解決してしまったということか。

長谷川がこれまで以上に不遜な態度に出ている理由がわかった気がした。

「君たちへの相談はなかったことにしてくれ。もう荷物が届くことはない。今後、一切、社内で私に話しかけるな」

「…………」

この男のことだ。嫌がらせの心配がなくなった今、どんなに問い詰めたところで過去の自分の不貞など認めないにちがいない。

久しぶりに味わう敗北感……。だが、これは私たちの動きが遅かっただけのこと。

「わかりました。またなにかありましたら……」

「もう、あるわけないだろ！」

声を荒らげ、長谷川は出て行った。これで全てが終わったような顔をして。


ところが……。

翌週、月曜日の昼休み、受付からの電話が鳴り、受話器をとった幸人が、

「今度はピザが百枚、長谷川部長宛てに届いたそうです。ロビーにイタリアンの匂いが充満して困ってるそうですが」

と受付からの苦情を私に告げる。

「は？　なんで？」

「いよいよ、ピザの登場ですね。本格的な嫌がらせがはじまったんじゃないですか？」

納得がいかない私を尻目に、幸人はなぜかワクワクするような顔。

「別れただけじゃ許されないってこと？　それとも、犯人は別にいるの？」

不倫相手との関係を断ったにも拘わらず、長谷川への嫌がらせが止まらない……。

――どうして……。

そして、それから三日後、今度は小渕陽子宛てにピザが百枚届いたという連絡が受付から入った。

「どうしてなんですかねえ……。前の時とちがって商品も数量も同じ、ピザ百枚。なんだかザツになりましたね、嫌がらせ」

電話を受けた幸人が考え込む。ついこないだ、『嫌がらせと言えばピザに決まってる』と発言をした男が。

これまでに送り付けられた物と数字をホワイトボードに書いてみた。

――風鈴が八百十五個、プリンが二百十四個、タンバリンが百三個と三百十七個、そしてピザ百枚が二回……。

「どう考えても、ピザは日にちも場所も表してないわね」

「つまり、今度の嫌がらせにはメッセージ性がなく、わかりやすい嫌がらせってことですね……」

田口が結論づける。

「過去の嫌がらせは夫の裏切り行為への制裁だった。ならばもう妻の目的は達成したはず……」

考えても答えが見つからない。

「そうだ。深沢さん。確か、経理に同期の友だちがいたわよね？」

顔の広い麗華にふたりの様子を探らせてみた。

が、これといって有力な情報がないまま、ピザは三日おきに届いた。それでも、私たちに啖呵を切った手前だろうか、長谷川から相談はない。

——相談には来ないけど、仕事にならないでしょうね、こんなんじゃ。


その日の午後、麗華から情報が入った。

「嫌がらせが止まらない原因はまだわからないんですけど、ここ数日、長谷川部長と小渕さんは昼休みちょくちょく会議室にこもってるらしいです。被害者ふたりでなにか、コソコソ相談してるんですかね？　もとはと言えばあのふたりが加害者で、被害者は奥さんなんですけどね」

それは経理部の友人から聞いた話だという。

「それから。あの部長、セコいから、部下にピザを『昼メシにどうだ？』とか言って買い取らせてるらしいですよ？　みんなも『ノー』って言えなくて困ってるみたい。その内、経理部の人たちから『もうピザは見たくない』って相談が入るかも、です」

「ま。あの男らしい話ね」

私が呟くと、田口が腕組みをして、

「嫌がらせされてる者同士が対策を話し合うのはごく自然なことですけど……。自分より奥さんのほうをとった相手と何度も顔を突きあわせるなんて、小渕さん、どんな気分なんでしょうね……」

と捨てられた女性の気持ちに思いを馳せる。

「確かに……。小渕さんの精神状態が気になるわ。ちょっと、ふたりの様子を見てくるわね」

私が立ちあがると、麗華も席を立った。

「私も気になります、その女心。ぜひ一緒に行かせてください！」

「僕も！」

幸人はなにも考えていない子犬のようについてきた。

私が経理部のある六階に上がると、ちょうど昼休みのチャイムが廊下に鳴り響き、長谷川と陽子が会議室へ入っていくところだった。

――これから百枚のピザについて話し合うのだろうか。

その会議室は広い部屋を必要に応じてパーテーションで仕切るタイプのもので、隣との壁が薄く、盗み聞きには好都合だ。

私たち三人はこっそり、狭く仕切られた会議室の隣の部屋に忍び込み、簡易的に設けられている壁にそっと耳をくっつけた。

「誰なんだ、ピザの送り主は……」

長谷川が呻くような声で言うのが聞こえた。

「また、奥さんじゃないんですか?」

そう尋ねるのは、陽子の細い声だ。

「だが、もう外で君とは会ってないじゃないか」

「そうよね……。これまでは私とあなたが出かける度に、デートの日と場所を匂わせるようなものを送り付けてきてたものね……」

「なのにまだ嫌がらせが続くっておかしいだろ」

「そうね……。私たち、ピザ屋さんでデートなんてしてないし」

ふたりは声を潜めるようにして、犯人は誰なのか、ああでもないこうでもないと話し合っていたが、結論は出ず、あと数分で休憩時間は終わろうとしていた。

「じゃ、また就業後にここで」

という長谷川の声がした後、がちゃり、と隣の会議室のドアが開いた。遠ざかる足音を確認してから、私はそっと隣室のドアを開けた。

長谷川の後ろをイソイソと歩く陽子の背中が見える。——違和感を感じた……。

相談室に戻ってから、

「なんか、変な感じでしたね」

と幸人が口を開いた。

「そうね。少なくとも小渕さんのほうは、嫌がらせに悩んでるような雰囲気じゃなかったわね」

私が幸人に同意すると、麗華が悲しそうな顔をして、

「私、わかってしまいました」

と、声を沈ませる。それを聞いて幸人はキョトンと聞き返す。

「え？　わかった、って、ピザを送りつけてくる犯人がですか？」

「そう。犯人は小渕陽子さんよ」

「は？」

その意味がわからない。案の定、幸人も、

「え～？　なんで、犯人が自分に嫌がらせアイテムを送りつけるんですか？　身勝手な長谷川部長にだけ送りつけるんならわかりますけど」

と、納得がいかない様子だ。

「前の嫌がらせの犯人は奥さん。ピザは愛人、つまり小渕さんなのよ」

麗華が断言する。

「「はあ？」」

不本意にも、私と幸人の声がハモった。

「つまり、ピザは小渕さんの自作自演。彼女は自分を捨てた長谷川部長と密会したくて、やってるのよ……」

そう断言した麗華が、更に寂しそうな顔になる。

「きっと、もう外で彼に会えないからなのね……。せめて、同じ被害者として、彼と繋がっていたいのよ。切ない女心だわ……」

自分の推理に陶酔し、悲嘆にくれるような顔をした麗華がしんみりと呟いた。

——マジか……。

私には理解不能だ。

「カムフラージュだかなんだか知らないけど、自分にピザを送りつけてまで自分を捨てた男と会議室で密会したいなんて、考えられないんだけど」

小渕陽子にはプライドというものがないのだろうか。

「松坂主任にはわからないかも知れませんが、私にはわかります。涙、出そうです」

「は?」

麗華の大きな瞳がウルウルしている。

なぜか幸人も泣きそうな顔をして、

「そうですね。別れても諦めきれないことってありますよね。僕だって……。もし、主任が僕を捨てたら、僕も小渕さんと同じことするかも知れません……」

と言葉を途切れさせる。

「はあ?　あんた、なに言ってんのよ?」

男のくせに最低。

「澄川君。そもそも君と私は捨てる捨てられる以前の関係でしょ。この立ち位置が変わることは未来永劫ないとは思うけど、変な勘違いで私にピザだのプリンだの送りつけてきたら許さないからね」

「それは主任次第です」

しれっとした顔で答える幸人の胸倉を反射的に掴んだ。

「私にそんな嫌がらせしたらマジで追い込みかけるよ？」

「す、すみません……冗談です……」

ちょっと凄んだだけで半泣きになる幸人のシャツから手を離し、ふたりに指示した。

「交代で受付を見張りましょう。そして、今度、ピザ屋の配達が来たら、帰らせずに、その場で引き止めてください」

「で、どうするんですか？　ピザの宅配する人を吊し上げるとか？　さっき、僕の胸倉を掴んだみたいにして」

幸人が心配そうに聞き返す。

「そうじゃなくて。送り主を聞き出して、会社に迷惑をかけた人たちにそれなりの罰を受けてもらうのよ」

私がそう断言すると、眠っていると思っていた向井がむくりと起き上がり、残念そうな顔をした。

「裁判になるとしても離婚調停ぐらいかぁ……。面倒くさいだけであんまりカネになんねえな」

興味なさそうに言って、再び机に伏せる。

「けど、長谷川部長って、めちゃくちゃ資産家の長男らしいですよ？　父親が都心にビルを十個ぐらい持ってるって聞いたことあります」

麗華が囁くと、向井が再び起き上がった。

「マジか……！　よし。俺は長谷川部長の嫁を全面的にサポートするぞ」

その目が別人のように輝いている。

——ふだんは寝たきりのくせに、金がからむと目が覚める悪徳弁護士……。

私の中で向井の位置づけがただの『寝たきり弁護士』から微妙に黒い方向へシフトした。

8

その数日後、またピザが届いたという連絡が受付から入った。

「デリバリーの人、そこで捕まえといて！」

受付でピザの配達人を足止めしてもらい、幸人に指示した。

「すぐに小渕さんと長谷川部長を会議室に呼んで！」

わけがわからない様子で、とりあえず「ハイ！」と幸人が受話器を取ったのを見届けてから、私はピザ屋を迎えに受付へ降りた。

「そのピザを注文した人の名前ってわかりますか？」

赤いツナギを着て、受付で所在なげにしている配達人に尋ねた。

「あ、えっと……。鈴木《すずき》さんと名乗ってましたが」

「鈴木？　小渕じゃなくて？」

「はい。いつも百個、注文くれる人は、高岡物産の鈴木さんです」

「ふうん……。じゃあ、ちょっと会議室へお願いします」

「え？　でも……。僕、すぐ帰らないと……」

「ピザ屋の店長さんには許可を頂いてますから」

「そ、そうなんですか？」

実は、過去に送り付けられてきた商品についていた伝票に、ピザ屋の電話番号が記載されていたので、昨日のうちに連絡し、協力を要請しておいた。

多分、ピザ屋の店長は、ウチの会社を、たまに百個単位の注文をくれる大口の顧客だと思っていたのだろう。『会議室まで運ぶのを手伝ってほしいので、いつも届けてもらってる人を二十分ほど少しお借りしたい』と頼むとふたつ返事で許可してくれた。

「そこの更衣室、空いているので、これに着替えて来てください」

「は？」

ポカンとしている配達人をロッカールームに押し込み、向井からはぎ取ったスーツに着替えさせた。

コンコン。ちょっとしたサラリーマンに変身したピザの配達人と一緒に会議室に入った。

室内には怪訝そうな顔をした長谷川と不安そうな顔の陽子、そして彼らを呼んだ麗華と幸人が一緒に待っている。

「仕事中だぞ？　いったい、なんなんだ！」

いつもの調子で高圧的に怒鳴る長谷川。

「そうですよね。ほんとに困りますよね。仕事中にピザが百枚も届いたら」

「………」

私の受け答えに長谷川は言葉を飲んだ。

「受付も迷惑だし、下手したら、業務妨害で警察沙汰になりますよ？」

さすがの長谷川も警察と聞いて押し黙る。陽子も神妙な顔で目を伏せていた。

「では、小渕さん」

私が声を掛けると、陽子は「え？　私？」と、キョロキョロし、動揺を見せた。

「はい。次のセリフを言ってみてください。『明日、十二時にマルゲリータのＬサイズを百枚。高岡物産経理部長谷川宛てでお願いします』って」

「え？」

「早く」

「ど、どうして私が……」

「いいから。言ってください！」

語気を強めると、陽子は困惑気味に口を開いた。

「わ、わかりました……。えっと……あ、明日……十二時に……マ、マルゲリータのL……」

陽子の声は震えていたが、背広を着せて座らせておいたピザの配達人は、彼女の声を聴いてハッと目を輝かせた。

「あ！　この声です！　間違いない」

「え？」

陽子はなにが起こったのかわからない、といった顔で私を見る。

「ご紹介が遅れましたが、こちらは相談室の人間ではなく、『ピッツァ・アラ・道玄坂』でアルバイトをされている上田《うえだ》さんです。上田さんは配達だけでなく、電話注文の受付もされています」

「「は？」」

不倫カップルが同時に声を上げる。意味がわからない、といったトーンで。

「上田さん。いつも『鈴木』と名乗ってピザを注文する人の声の主は彼女で間違いないですか？」

私は小渕陽子を指さしながら、ピザの配達人に尋ねた。

「はい。さっきの声に間違いありません。この人です。マルゲリータの、リータって言い方に特徴があるんですよ」

陽子の特徴的なイントネーションに聞き覚えがあったらしい。

「わかりました。ありがとうございます。お疲れ様でした。では、小渕さん、ピザの代金を払ってくださいね。あなたが注文したのだから」

陽子はうなだれたまま、制服のポケットから財布を出す。

「なに？　陽……じゃなくて小渕君。君、なんで、そんなことを……」

責めるような長谷川の声から逃れるように陽子は顔をそむける。そして、その追及を遮り、麗華が、「女心よ。あなた、そんなこともわからないの？」と彼女の気持ちを代弁した。

「長谷川部長。こんなことになったのは、全部、あなたのせいでしょ！」

長谷川を断罪する麗華の声が会議室に響いた時、ドアが開き、スーツをはぎ取られ、ピザ屋の赤いツナギに着替えた向井と一緒に長谷川の妻が姿を現した。

「お、お前……」

目を丸くしている長谷川を夫人は冷たい目で見ている。

「奥様のご依頼を受けまして、同席させて頂きます。私は弁護士の向井です」

とても弁護士とは思えない風体の向井が名刺を出す。

「は？　お前、相談室にいたよな？　相談室の弁護士なら、ウチの会社に雇われてるはずじゃないのか？　なんで……」

「会社が被る損害をこれ以上、大きくしないためですよ。不要な受け取り手続きや保管業務、そして経理事務の中断。社内には既におかしな噂も流れはじめています。もとはと言えば、全てあなたが原因です。私は会社の損害を最小限に食い止めるために、奥様にご協力をお願いし、ここへ来ました」

――多分、本当の目的は莫大な慰謝料の一部だけどね。

「あなた。離婚しましょ」

長谷川の妻がきっぱり言った。

「な、なにを言ってるんだ。彼女とは清算した。俺が愛してるのはお前だけだ……」

「は？　私をバカだと思ってんの？　別れたって言っても、なにかあればまたそうやって、ふたりでコソコソ話し合うんでしょ？」

「そ、そんなことはもうしない」

すると妻は、いかにも元キャバ嬢という可憐な微笑を浮かべ、大量の写真をテーブルの上に並べはじめた。

「う……」

全ての写真に長谷川と陽子が写っている。一緒にホテルへ入っていく写真もあった。

「慰謝料、たっぷりもらうから。あと、よろしくね、向井ちゃん」

向井に甘い声を投げた長谷川の妻が、形のいいヒップを揺らしながら会議室を出て行った。

「というわけで、調停の日時は追ってご連絡します。もちろん、こちらは裁判でもかまいませんよ」

向井とピザの配達人がテーブルの上に写真を残したまま立ちあがる。

「クソッ！　アイツ、最初っから、俺の財産が目当てだったんだ！」

長谷川がメロメロだったという妻を誹謗する。それを聞いて向井が小さく笑った。

「最初からそのつもりだったのではなく、あなたの裏切り行為がそう決意させたんだ、と思ったほうが、あなたも幸せじゃないですか？」

ピザのデリバリーに来たとしか思えない格好の向井だが、その言葉に長谷川が沈黙する。

「では、家裁でお会いしましょう」

向井が退室した後、長谷川はすぐさま気を取り直したように陽子のほうを向いた。

「陽子。結局、お前が一番、賢明な女だったわけだ。これからは堂々と付き合えるな」

明らかに都合よくよりを戻そうとしている長谷川の顔を、陽子がじっと見た。

「もうやめときます……」

「え？」

「あなたが離婚する度に、次は自分の番だと信じてきました。十五年も……」

「そうだよ。今度こそ、お前の番だ。間違いない」

「でも、もう疲れました。自分の愚かさに」

「は？　なにをぐちゃぐちゃ言ってるんだ？　俺が結婚してやるって言ってるのに！」

プライドが傷ついたような顔をした長谷川は、勝手にしろ、と捨て台詞を残して会議室を出て行った。

廊下で『クソッ！』と毒づく長谷川の声と、ドンッ！　となにかが壁にぶつかるような音がした。長谷川が怒りに任せ、壁でも蹴ったのだろうか……。

「う……うう……っ」

ゆっくりと顔を伏せた陽子が慟哭《どうこく》する。そして、ぽつりぽつりと言葉を吐き出した。

「不思議なものですね……。今度こそ自分の番だって言われた途端……、憑き物が落ちたみたいに目が醒めるなんて……」

──えっと……。

これは私の一番苦手なパターンだ。この湿っぽい空気。女の涙。なんと声をかけていいかわからない。

『よかったじゃない、さっぱり別れられて』

いや、口ではああ言いながらも、未練があるから泣いているのだろう。さっぱりという単語は適当ではないような気がする。

『あんな男、カスよ』

いや、この人はその『カス』と十五年も付き合ってしまったことになるから、この表現も不適当だ。

かけるべき言葉をいくつかシミュレーションしてみたが、どれもこの場には相応しくないようだ。

私が考えあぐねている隙に、麗華がスマホのスケジューラーを操作しながら陽子の隣に腰を下ろした。

「小渕さん。今夜って、空いてますかぁ？」

それはこの湿っぽい場面にはそぐわない明るい声だった。

「え？」

陽子の涙で潤んだ瞳が麗華を見る。

「今日、お友だちのクルーザーで合コンがあるんですけどぉ、女子のメンツが足りないんですぅ」

「え？　そんな華々しい席に私なんかが行ってもいいんですか？」

「もちろん！　来てくれると嬉しいです。定時にメンズの幹事がリムジンを回してくれることになってるんです。経理の仕事が終わる頃、会社の正門前に集合でいいですか？」

自分が弄《もてあそ》んできた日蔭の女が、リムジンで別世界へと向かう姿を見たら長谷川はどう思うだろう。想像するだけでスカッとする。

私と同じことを考えたのか、はい、と陽子が涙に濡れた顔に笑みを浮かべた。

「さ、新しい恋に踏み出しましょ」

麗華が陽子の手を取り、会議室を出て行く。夢の扉を開くように。

——いいなぁ……。合コンなんて、入社以来、一度も行ってない。というか誘われたことがない。

溜め息をついて、幸人と一緒に長谷川の妻がテーブルにぶちまけた写真を片づけた。

「あれ？　なにか落ちてますよ？　長谷川部長が忘れて行ったんでしょうか？」

幸人が拾い上げた薄い冊子のようなものを見て、うっ、と息を呑んだ。

「どうしたの？」

硬直したように動きを止めた幸人が持っている冊子を覗き込むと、表紙には太いマジックで小学生が殴り書きしたようなカタカナ。――ゲスノート……。

思わず、目を瞬く。

「だ、誰かの悪戯に決まってるでしょ。ただの大学ノートじゃない」

「そ、そ、そうですよね？　お、お、落とし物として守衛室に届けてくださいね、主任が」

「は？　なんで私が？　澄川君が届けなさいよ。第一発見者なんだから」

「いやです。だって、ゲスノートですよ？　拾ったら不倫しちゃうかも知れないじゃないですか！」

「わ、私だって触りたくないわよ、そんな不吉なノート」

ふたりで押し付けあい、ノートを置き去りにしたまま我先にと会議室を出た。

「今夜、彼女にステキな出会いがあるといいんですが……」

廊下を歩きながら、そう言って不意に表情を曇らせる幸人。

「お金持ちとの豪華な船上合コンなんでしょ？　期待できるんじゃないの？」

「でも今日の合コンの相手、沼田専務と、その同窓生の皆さんなんです」

「…………」

私の頭の中に、クルーザーで乾杯する、平均年齢七十歳のメンズの笑顔が浮かんだ。

「ま、いっか。みんな独身みたいだし」

と言って、ヘラ、と幸人が笑った。

「ま、まあ、人の好みは色々だからね」

私も気休めを言って相談室に戻った。陽子の幸福を願いながら。

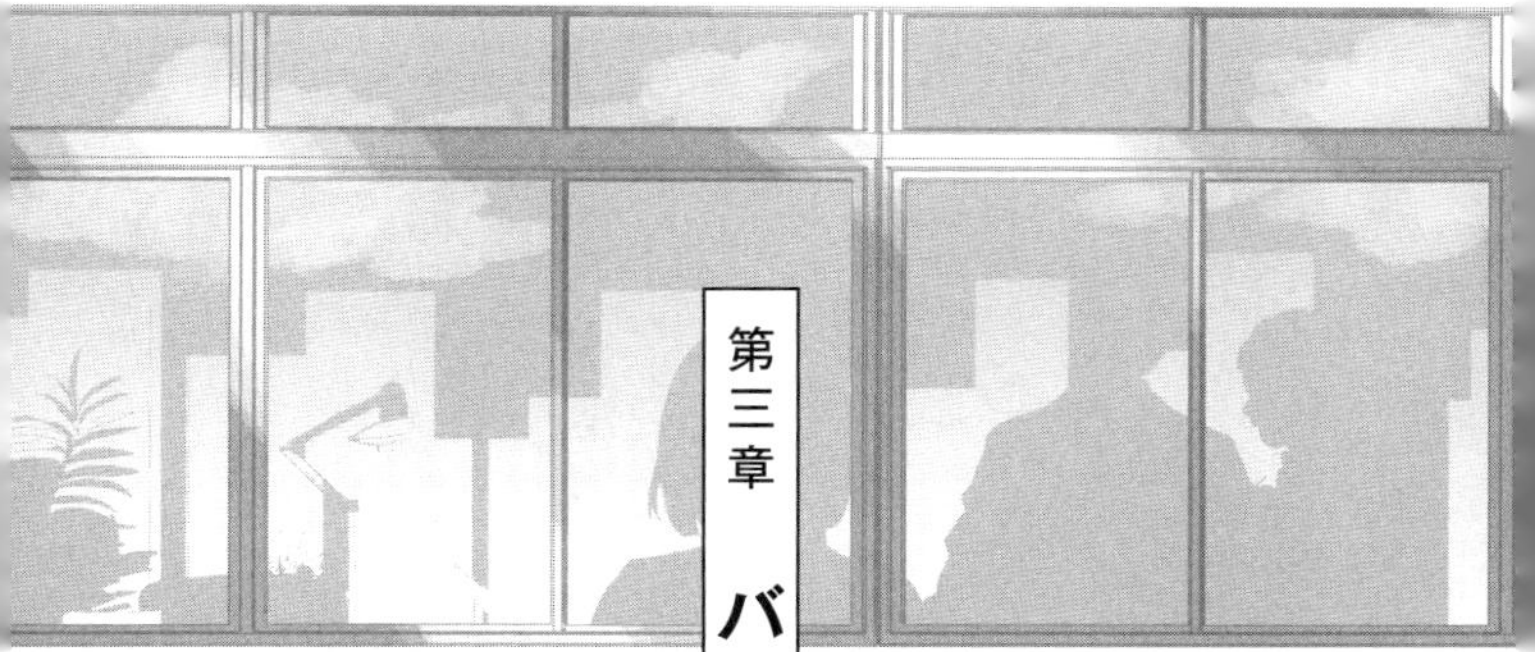

第三章　バラ色の人生

1

「はい。こちら、お悩み相談室、松坂です」

それは四月に入って最初の月曜日の朝、休み明けの気だるい空気の中でかかってきた電話だった。

私が相談室に異動になって約一カ月。

ようやくこの部署のおっとりとした時間の流れにもイラつかないようになった。慣れとは恐ろしいものだ。

『営業部業務課課長の久保田《くぼた》ですが』

相談の相手が最初からきっちりと名乗るのは初めてのことだ。それだけで、相手の真剣さが伝わってくる。

『部下がずっと会社に居て、家に帰ってくれないんです』

それは中間管理職の悲哀と疲労とを含んだような声だった。

数年前、この会社は『社員のサービス残業は企業の利益であり、この利益部分の税金を納めなければ脱税になる』という国税局の判断で、追徴金を支払わされた。その年度だけでなく、過去の残業まで遡《さかのぼ》って調べられたため、その金額は莫大だったと聞く。

それ以来、サービス残業は禁止され、定時以降、タイムカードを押すまでは勤務中と見なされて、必ず時間外手当がつくようになったのである。つまり、会社としては社内にダラダラ長居する社員に対しても残業代を払わざるを得なくなったのだ。

――営業業務課。

営業部門における庶務を行う課であり、この不要な残業をさせないよう監督指導するのも、相談者の所属する営業業務課の仕事のひとつだ。つまり、残業について指導すべき立場にある部署に、無益な残業をする社員が居て困る、ということなのだろう。

私は新しく購入したハウツー本、『カウンセリングの極意』を開いた。

昨日の内にざっと目を通したそのハウツー本に『まずは相談者側の立場に立って、同調しながら話を聞くことが有効である』と書いてあった。これについては今までに購入した本と同じだ。

私は『相談者に同調する言葉一覧』のページからひとつを選んだ。

「それはお困りですね……」

『そうなんです。困ってるんです。部下に無駄な残業をさせていると上司に思われるのも怖いんですが、このままだと組合から睨まれそうで。もうすぐ労使交渉もはじまるし、早くなんとかしないと、次の労使懇談で吊し上げられてしまいます』

労使懇談というのは労働組合と経営陣、管理職側とによる話し合いのようなものだ。

そこでボーナスの金額や賃金のベースアップ、労働時間の上限などが話し合われ、お互いに妥協したり譲歩したりしながら、詳細が決定される。これがうまくいかなければ、組合員がストライキに突入することもある。

懇談では部署別の有給取得率や残業状況一覧などが配られる。忙しい部署はどうしても残業や休日出勤が多くなるわけだが、実は上司によるパワハラが原因で休暇が取れないのではないか、などと疑われ、非難の的になることもあると聞く。

「お気持ち、お察しします」

『はい。察してください。ほんとに困ってるんです。で、どうすればいいんでしょう、私』

「は？」

順調に相槌を打っている途中で、いきなり対応策を尋ねられ、驚いてしまった。

——残業問題……残業問題……。

急いでマニュアルのページをあっちこっちめくってみるが、こんな場合の打開策は見当たらない。

——役立たず！　肝心の具体的な事例別アドバイスが書いてない！

すぐさま、そのマニュアルをゴミ箱に捨てた。

「えっと……。そうですねえ……。まずは……そう！　その部下がなぜ休みを取らず、残業ばかりするのか、その理由を知ることが先決ではないでしょうか。本当に仕事量が多いとか……」

『私もそう思って、他の社員に仕事を割り振って彼の工数を減らしたんですよ。それなのに、やっぱり帰らなくて……』

「となると、お金ですかねえ。残業代目当てとか」

思いつく理由を思いつくままに言ってみる。

『お金に困っているのかといえばそうでもないようなんです。残業代は要らないから、会社に居させてくれって言うんですよ。もちろん、そんなこと出来るわけなくて……』

「お金のための残業ではない……となると、根っからの仕事好きとか……」

『いやぁ……。今までそんな風でもなかったんですが』

――どんな人間なのよ、それ。

人物像が見えなくて苛々してきた。

「では、いつからそんなことになってるんですか？」

『先月の下旬からなんで、まだ一週間ぐらいでしょうか。ですが、彼がこの調子で会社に居続けるとして月末に集計したら、とんでもない残業時間になってしまいそうなんです』

――既に一週間も帰宅していないのか……。

「わかりました。取りあえず、調べてみます。その部下の方のお名前と社員コードを教えてください」

『古橋《ふるはし》君という社員です。コードは20981１です』

すぐに端末で社員コードをたたき、社内イントラで検索してみた。

古橋豊《ゆたか》、勤続十三年、係長、三十五歳。ヤバい。ギリギリ組合員だ。

『懇談までになんとかお願いします』

「と言われましても……。とりあえず調査して、また、こちらからご連絡します」

まずはそこまでで、通話は終わった。

「澄川君。次の労使懇談っていつだっけ？」

幸人が手帳を開き、

「えっと、再来週の月曜日。つまり、二週間後ですね」

と、笑窪《えくぼ》を浮かべて答える。

「それまでに一週間以上帰宅してない係長をどうにかしてくれって」

私は皆に相談内容を説明した。

「え？　一週間ずっと会社にいるんですか？　その人？」

田口が驚いたように聞いた。そして、体調のほうも心配だ、と思案するように腕組みをする。

「会社大好き人間なんじゃなぁい？」

麗華が軽く言ってから、デスクの上に置いたミキサーに野菜や果物を投入しはじめる。

ついに、会社で美容スムージーをつくりはじめた。

するど、幸人が、

「いや、勤続十三年目にして急に会社が大好きになるってのも、変な話じゃないですか？　それにしても、お金は要らないから残業や休日出勤をしたいなんて、奇特な人がいるんですねえ。あ、深沢さん、僕、リンゴ多めでお願いします」

と、感心したように言ってから自分用のオリジナルスムージーを注文する。

「あいよ」

うどん屋のＣＭみたいな笑顔で気軽にオーダーを受ける麗華。

田口は過去のカルテを眺めながら首をひねる。

「家に帰りたくない理由でもあるんですかねえ。家庭が荒れてるとか。あ、深沢さん、それ、僕にもください。健康的に小松菜多めで」

「はあい、喜んで」

今度は居酒屋みたいな返事とともに、麗華に可愛くウインクされ、田口の頬がポッと赤らむ。

「あ。俺も。昨日、飲みすぎて……」

向井もだるそうに右手を上げながら机から身を起こした。

「飲みすぎには柿に含まれてる酵素が効くみたいですよ。富有柿、半分くらい入れときますね」

みんなのリクエストに応え、麗華がじゃんじゃんミキサーを回している。どう見ても社内の風景ではない。

――ここはジュースバーか。

注意すべき梶原のほうを見ると、優雅にシャンパングラスの縁にイチゴの載ったピンク色のスムージーを片手に持って、パソコンの画面を見つめている。

お前もか！　と言う私の声が届いたかのように、麗華が、

「室長のは名づけて『頭フル回転スペシャル』です。フルーツ多めで糖分補給」

と、レシピと効能を説明する。

机の上に足を乗せて、めいっぱいリラックスしている向井が、麗華からブランデーグラスを受け取り、中の濃厚そうな液体をカッコよく揺らしながら呟く。

「けど、やばいな、さっきの相談。このままいくと確実に、労働基準法第三十六条、いわゆる三六《さぶろく》協定に違反するよな」

「なんですか？　その一六タルトみたいな名前の協定って」

幸人がぽやっとした顔で尋ねるが、そのふたつの名称は数字の『六』しか一致していない。

「会社は法定労働時間である一日八時間、週四十時間を超える時間外労働及び休日勤務などを命じる場合、組合と書面による協定を結び、労働基準監督署に届け出る義務を負う。これが三六協定だ」

向井の説明を聞いても、幸人は理解できていない様子だ。

「要約するとつまり、いっぱい残業しちゃダメってことですね？」

「えっと……。まあ、ザックリ言うとそういうことだ。ウチの会社の場合、組合とネゴって、組合員には一週間に十五時間以上の時間外労働はさせません、っていう約束をして、

労働基準監督署に届けを出してる。違反すると場合によっては経営者がしょっ引かれる」

　高岡物産では課長職未満は全員が組合に属するというユニオンシップ制だ。つまり、係長までが組合員ということになる。課長以上は管理職となり、残業自体がつかず、この協定の対象とはならない。

「しょっ引かれた人はどうなるんですか？」

　麗華が次のグラスにスムージーを注ぎながら尋ねる。

「違反した場合、六カ月以下の懲役または三十万円以下の罰金だな」

「え？　ウチの社長、逮捕されて牢屋に入れられちゃうんですか？　一平《いっぺい》ちゃん、可哀想じゃん……」

　麗華が心配そうな顔になった。彼女が『一平ちゃん』と呼ぶのはたぶん、『高岡一平』、ここ高岡物産の代表取締役社長だ。

「ここは上場企業だぞ。罰金だろ、普通。けど、三六協定に違反したブラック企業と思われるのも世間体が悪いから、そんなことにならないために会社と組合の双方が一致団結して残業に目を光らせてるんだよ」

　その説明に、へえ、さすが弁護士さんだ、という称賛の視線が集まる。これぐらい知っていて当たり前なのに。

「なんにせよ、不要な残業は会社のためにならない。まずは彼の仕事ぶりを観察してくるわ。本当に忙殺されてるのかどうか」

相談室を出て行こうとした私に、麗華が緑色の液体の入ったグラスを差し出す。

「松坂主任も飲んでいってください。麗華スペシャル」

「え？　あ、ありがと」

みんながおいしそうに飲んでいるので、期待してゴクリと飲み込んだ途端、吐きそうになった。というか、本当に口の中に残っていた分をグラスにリバースしてしまった。

「む、無理！　なに、コレ？　人間の飲み物なの？」

正直な感想とともにグラスを突き返すと、麗華が泣きそうな顔になった。

「え？　あ。あの……」

気がつくと、相談室の中にいる全員が私を非難するような目で見ている。

「ま、まずい物はまずい。ウ、ウソは言ってないから！」

強気で言いながらも、みんなの視線に耐え切れず、追い立てられるようにして相談室を出た。

というか、職場で仕事中にスムージーをつくっていることのほうが非難されるべきではないだろうか。

そう思っているのに、なんだか自分が悪いことをしたような気になる。

――なんなのかしら、この疎外感。そして、正体不明の罪悪感。やっぱ外資系に転職しようかな、私……。

わけもなく弱気になりながら、業務課のある営業フロアへ向かった。

私が営業フロアへ現れただけで、ざわめきが起こり、マッカーサーだ、マッカーサーだ、と畏怖のこもるトーンで囁き合う声が聞こえた。

——どんだけ？

首をひねりながら、営業一課へ向かう。

「桜井。ちょっと、ここに居ていい？」

「え？」

突然現れた私を驚いたように見上げる男の返事を聞く前に、ミーティング用のテーブルからイスを引っ張ってきて、彼の隣に座る。

「お、おい。何事だよ」

そう言いながらも、まんざら迷惑でもなさそうな顔をしている。その上、

「なにも社内でアプローチしてこなくても、週末は結構フリーだったりするんだが」

と、勘違いも甚だしい。本当に自信過剰な男だ。

「そうじゃなくて。今日はW課長で」

「は？　コントでもやるのかよ」

桜井のつまらないツッコミはスルーして足を組み、腕組みをして一課を見渡した。それだけで、フロアが静まり返り、皆が一斉に下を向き、忙しそうに仕事へと戻る。

「課長が桜井になってから、一課の空気はすっかり緩んでるじゃないの。仕事は緊張感が

大切なのに」

「おいおい。まさか、テコ入れに来たのか？」

「いいえ。張り込みよ」

実際、ここから業務課はよく見えるのだ。

「張り込み？　まあ、隣にいるのは勝手だが、課長は俺だからな」

「今はね」

「…………」

桜井を黙らせ、私は業務課に目をやる。

——アレね。

営業部業務課の係長、古橋豊は気の弱そうな痩せた男だった。

相談室に電話をしてきた課長の久保田になにか仕事上のことで注意されたのか、ペコペコ頭を下げている。

席に戻ると、今度は部下らしき女子社員からなにかクレームをつけられているらしく、うなずきながら胃の辺りを押さえている。

——なんか、影の薄いモブキャラね……。

上からも下からも文句を言われているようだが、膨大な仕事と格闘しているようには見えなかった。

——こうして見る限り、会社や仕事が大好きってわけでもなさそうね。

そのまま、業務課の古橋係長の様子を観察していたのだが、無意識のうちに古巣の様子もチェックしていた。部下だった社員たちがチラチラと私のほうを意識しながら仕事をしているのがわかる。

——なによ、そんなにビビらなくてもいいじゃない。今は部外者なんだから。

自分が未だに恐れられているのが不思議だし、意外だ。

——マッカーサーか……。

その時、ふと、麗華の悲しそうな顔を思い出した。

「ねえ、桜井。もし、死ぬほどまずい飲み物を飲まされたら、どうする？」

「は？　それって、罰ゲームかなにかの話か？」

桜井がキーボードを叩く手を止めて顔を上げる。

「そうじゃなくて、相手は好意でつくってるのよ」

「なるほど。そういう心理的な罰ゲームなのか……」

「だから罰ゲームじゃないっつの。もういいわ」

話を打ち切ったところに、新人が書類を持って課長席へ来た。確か、私が三人だけ残した去年の新入社員の中のひとりだ。その三人は他の新人よりマシだと思っていたのだが……。

彼は明らかに私のほうを意識しながら、おずおずとA3のOA用紙を桜井に差し出す。

企画書はまずA3用紙横書き一枚にまとめること、それは私が徹底させた習慣だ。

「ワ、ワルシャワの食品メーカーとの合弁プロジェクト、き、企画書にしてきました」

不安そうに差し出す書類を桜井が受け取り、目を通す。その書類を横目で見ると、明らかに読みにくく、プロジェクトのメリットやデメリットが一目ではわからない。

それなのに、桜井は鷹揚に微笑んだ。

「よく出来てるじゃないか」

そして、「けど、ここな」と、書類をデスクに広げ、ペンをとる。

「ここはわかりやすく一覧にまとめて、利益推移の予想グラフもつけてくれ」

「はい！」

赤ペンの入った書類を嬉しそうに受け取った社員が席へと戻っていく。

「ねえ。いくら修正しても、あんな資料、使い物にならないでしょ。私なら、人事に『要らない』って言うわ」

「いいんだよ。まだ二年目なんだから。ちょっと要領は悪いけど根性あるし、ノビシロに期待してるんだ」

「根性って……。野球部じゃあるまいし」

と口では言いながらも、なんとなく桜井に部下の育成面で負けたような気がして悔しかった。

私は部下たちをひとつの塊としてしか見ていなかったかも知れない。そして、その塊は最初から優秀であって当たり前。私の仕事はその優秀な塊をいかに効率よく動かし、管理するかだと思っていた。その塊に属せない人材は要らないと……。

しばらくして、桜井が口を開いた。大量の見積書を精査し、印鑑を押すという作業をしながら。

「紫音。俺も色々話したいことがあるんだ。今日、メシでも……」

「あ！」

桜井の話の途中、古橋が席を外す。スマホを手に持って。どうやら、誰かから着信があったようだ。

「また来るわ！」

そう言い残して、古橋の後を追った。


足早に非常階段を下りていく古橋との間に一定の距離を保ちつつ、用心深くステップを下りていくと、下のほうから困惑するような古橋の声が聞こえてきた。

「こ、困るよ。仕事中に電話なんかされたら。だ、だから、仕事が忙しくて帰れないんだって」

そっと階段の下のほうをのぞきこむと、誰もいない踊り場でスマホを耳にあてたままウロウロ歩き回っている古橋が見えた。

——奥さん？

家で待つ妻が帰って来ない夫に電話をしてきているような雰囲気だ。だが、古橋は独身でひとり暮らしのはず……。

「わかってる。わかってるから、そんな風に言わないでくれよ」

腫れ物に触るような喋り方だ。家に極妻系のカノジョでもいるのだろうか。

「わかってる。今日こそ出来るだけ早く仕事を終わらせるから」

通話を切り上げた古橋は、また胃の辺りに手をやって溜め息をついた。

どうやら本人は仕事を言い訳にして自宅へ戻らないようだ。やはり、仕事がオーバーフローしているのではなく、家に帰りたくないがための言い訳であるような気がした。


午後五時。もう一度、営業フロアへ足を運んだ。

やがて終業のチャイムが鳴り、その時点で三分の一ほどの社員がフロアから消える。

それから更に一時間が過ぎた。が、まだ仕事が終わりそうにない桜井が、

「紫音。さっきの話だが、これ終わったら、メシ行かないか？　色々話したいことがある」

と、忙しそうに書類に視線を落としたまま尋ねてくる。私もここの課長だった時は、こうやって最後のひとりになるまで残って書類を眺めたものだ。

「いいわよ。ただし、あの人が帰ったらね」

「は？」

業務課にぽつんとひとり、居残っている古橋を顎で指し示す。

「ああ。そう言えば、古橋係長、このところ俺より帰りが遅いみたいだ」

――というか、家に帰ってないからね、彼。

という事実は伏せて、桜井をもう少し引っ張ることにした。さすがにアウェイの風が吹きすさぶ部署にひとりっきりは居づらい。

更に時間が経ち、八時前になった。

「そろそろ消灯だな」

腕時計に視線を落とした桜井が、デスクの上を片づけはじめる。

「え？　あの人、まだ帰らないのか」

忌々しそうに古橋に目をやる桜井。

「もう、フロアの照明、落ちるぞ？」

残業対策の一環として、会社は消灯時間を設けた。午後八時になるとフロアの電灯が一斉に消えるのだ。

かつて、期末の繁忙期には八時以降、忙しい部署の一角だけが、端末の明かりでぼうっと青白く浮かび上がる現象が起きていた。彼らはいったん、タイムカードを通した後でサービス残業をしていたのだ。その内情を知った税務署は、ＰＣが起動している時間をチェックして残業時間と見なすようになった。

そうやって端末の起動時間をベースに追徴金を課せられるようになってから、会社は電灯と共にＰＣの電源も一斉に落とすことにした。

私たちふたりと古橋しかいなくなった真っ暗なフロア。電灯もＰＣの画面も消え、窓の外だけが都心の街明かりで微かに明るい。

やっと帰れる、と呟いて伸びをした桜井が、え？　と今度は前のめりになった。

「な、なんだ、アイツ……！」

古橋が地下で作業する人たちの使うようなライト付きのヘルメットをかぶり、仕事をはじめたのだ。そして、書類を眺め、捺印をはじめる。

――なるほど。ＰＣ以外でできる仕事を八時以降に回したわけね。なかなかやるわね。

「メシ、次回にするわ」

桜井が諦めたようにカバンを摑んだ。

――なによ、根性なし。

桜井の退社後、課長席に移って古橋を見張りながらスマホをいじったりウトウトしたりした。

その翌朝、私が目覚めた時には、古橋はデスクに伏せて眠っていた。

2

「というわけなんです」

それは困ったねえ、といつものセリフしか言わないことはわかっているが、一応、営業フロアで見てきたことを梶原に報告した。

「そうですか。では、相談者である業務課の久保田課長に頼んで、この日だけは必ず帰宅するようにと指示してもらって、その日、古橋係長がどうするか、観察してみてはどうですか？」

——え？

初めて梶原から今後の進め方を示唆され、驚いてしまった。パソコンの横には空になったシャンパングラス。

——これって、スムージー効果なの？

いやいや、有りえない、と思いながら自分の席に戻ると、麗華がまたグラスを持ってきた。まさかの嫌がらせだろうか。桜井が口にした『心理的罰ゲーム』という言葉が鼓膜に甦る。

「昨日はごめんなさい。飲みなれてない主任にいきなりスペシャルを渡してしまって。これ、飲みやすくフルーツ多めにしたスムージーです」

「え？　そうなの？　あ、ありがと」

昨日は悪いことをしたような気がしていたのと、今度こそ自信ありげなので飲んでみる気になった。しかし、一口飲んでみると、やっぱり緑黄色野菜の匂いと味が口の中に残る。

——ゲロまず……。だから、もともと野菜ジュースがダメなんだって。

今回はなんとか口の中の分だけは飲み込んだのだが、顔が歪むのは我慢できなかった。

「も、もういいから。私の分はつくらなくて」

これでもかなり譲歩して穏便なセリフを選んだつもりだった。それなのに、麗華がひどく落胆したような顔になる。

「あ、あのね……。私、野菜ジュース自体が苦手なのよ」

「ジュースじゃありません。スムージーです」

「私にとってはどっちも同じなの。無理なのよ」

「わかりました」

そう言って私の手からグラスを奪いとった麗華が、「絶対においしいって言わせてみせます」と不敵な目をして宣戦布告。心理的罰ゲームが延長戦に突入した瞬間だった。

——ここ、会社なんだから、もっとちがうこと頑張ろうよ……。

3

「ただいまー」

さすがに会社で二泊はきつかったので、その日は帰宅した。

「紫音。これ、見て？」

私がリビングに入ると母が腕を持ち上げ、自慢げに色とりどりの石が連なったブレスレットをひけらかす。例によって母がハマっているセミナーの開運グッズだ。

「また買ったの？　それでなにかいいこと、あったわけ？」

「バカねえ、あんた。幸運が舞い込むことより、厄除けのほうが大切なのよ？　これがなかったら、今頃もっとヒドいことになってたかも知れないでしょ？」

――今がヒドい状況だということは認識しているらしい。

「そうそう、厄除けと言えば、私が心から信頼している先生が、この前、三人の女子大生の運勢を鑑定したんだって」

「へえ、それで？」

冷蔵庫からミネラルウォーターを出しながら、おざなりに聞く。

「三人のうちふたりは、それぞれが発する『気』に合う石を選んでもらえたんだけど、あとのひとりは売ってもらえなかったのよ。なんでだと思う？」

「気を発してなかったから。つまり、その人、死んだんでしょ、その日の帰りか翌日あたりに」

私が言い当てると、母はポカン、と口を開けた。

「紫音、なんで知ってるの？　先生にお会いしたの？」

「会うわけないでしょ。それ、よく聞く話だからよ。そうやってビビらせて信用させるために占い師がよく使う手だよ。だいたい、お母さん、その死んだっていう女子大生と面識ないでしょ？」

「……………。あんた、そんなこと言ってると、今にひどい災難に遭うわよ」

占い師が乗り移ったような口調だ。

「災難にはもう遭ってる」

「やっぱり……」

ダメだ。話がかみ合わない。

父はギャンブル、母は怪しげなセミナー。今や、家族の中の誰がいつ面倒なことになってもおかしくない。

――会社でも家庭でも、頼れるのは自分だけだ。

4

そして、翌日の午後。

「今日は必ず帰宅しなさい」

手筈どおり、久保田課長からそう指示されたのだろう。古橋が課長席を離れ、がっくりと肩を落として自分の席に戻った。私はその様子を桜井の席の隣で眺めていた。

「今日こそ、夕飯、付き合えよ」

それがここに座らせる条件であるかのように桜井が言う。

「ああ。色々話したいことがあるんだっけ？　いいわよ。けど、先に付き合ってくれる？」

「うん？　買い物でもするのか？」

もちろん、古橋の尾行なのだが、「ヒ・ミ・ツ」と、思わせぶりに答えると、なにを妄想したのか、ニヤついた顔を伏せ、桜井が仕事に戻る。

——不気味なんだけど。

私が、桜井の話ってなんだろう、と想像しかけた時、また若い社員が、おどおどと資料らしきものを持って来て桜井に差し出す。

「か、課長。先日の資料、訂正して来ました」

一昨日の朝、ワルシャワのプロジェクトを企画書にして来た新人だ。どれどれ、と桜井が受け取ろうとしたそのOA用紙を、私は横から奪った。

「だからさぁ、こんな書き方じゃ伝わらないでしょ。企画書というのは、それだけで六十分間のプレゼンと同じなのよ？　一目でインパクトがなきゃ埋もれるの。ほら、ここ、差額はもっと強調する！　それと、ここにはグラフを入れて、もっとビジュアルに訴えないと！」

目についたところに赤ペンを入れ、右肩に『0点』と書いた。

「ほら、やり直し！　早くやり直して持って来なさい」

「え？　で、でも……」

突き返した企画書を受け取る部下の手がブルブル震えていた。そして、その目が助けを求めるように桜井を見ている。それを遮って、怒鳴った。

「やり直し！　今、すぐ！」

はい！　と飛び上がった新入社員が泣きそうな顔で席へと戻っていく。

「お、おい。なんでお前が勝手に点数つけるんだよ」

啞然としていた桜井が慌てて抗議する。

「だって、あれぐらいしないと自分の能力がどの辺なのかわからないじゃない。上に登るためには、まずは自分の立ち位置を知ることよ。とにかく鉄は熱い内に打て、よ」

「は？　俺は若手を褒めて伸ばしたいんだよ」

「あんたみたいな優しい上司ばかりじゃないでしょ？　今日、あんたが死んで、明日からパワハラ上司が来たらどうすんの？」

「え……、縁起でもないこと、言うな」

「とにかく、褒めて伸ばすなんて甘っちょろいこと言ってたら、本人のためにならないのよ」

そうやって、わあわあと人材育成論を戦わせていると、

「松坂君。ちょっと」

と、営業部長に手招きされた。

——今さらだけど、桜井より私のほうが課長としての能力が高いことに気づいたのかしら。いよいよ敗者復活戦のスタートかも。

ワクワクしながら、白髪頭の部長の前に立つ。

「松坂君。君がいるとフロアが落ち着かないから、もうここに来ないでくれる？　なんだか若手のテンション、ダダ下がりだし」

部長直々に営業フロアへの出入りを禁止されてしまった。

──なによ。最近の新人、メンタル弱すぎるでしょ。

不当な扱いに内心で毒づきながら、相談室に戻った。

「というわけで、十階フロアは出入り禁止になりました」

相談室に戻って梶原に報告すると、彼は今までと同じのんびりした口調で、「それは困りましたねえ」とモニターを覗き込んだまま呟く。

──スムージーが切れたのだろうか。

昨日の朝とは別人だ。

「なんにしても、上司命令で古橋係長は今日、定時に退社するはずです。その時どうするか、確認します」

「バディは誰にします？」

やる気がなくても、そこだけは必ず確認するから不思議だ。

「すみません。今日は相談室ではなく、古橋係長と同じ営業部の人間に頼みました」

「そうですか。まあ、同じ部署の人間の目で確認してもらうのもいいかも知れませんね」

梶原の許可を得て席に戻ったところへ、

「主任。スムージー、リベンジバージョンです」

と、緑色の液体が入ったグラスが置かれる。もちろん、置いたのは麗華だが、相談室の全員が私に注目している。それぞれが麗華を応援するような瞳。

「わ、わかったわよ。飲めばいいんでしょ、飲めば」

息を止めてグッと飲んだ。

——だ、だから、この小松菜だとかセロリだとかの匂いが残るとダメなんだって……。

やっぱり顔が歪みそうになる。が、とにかくこの罰ゲームを終わらせるため、なんとか全部飲み干してから微笑んだ。

「う、うん。お、おいしい。あ、ありがとうね」

麗華は私が必死でつくっている笑顔をじっと見た。そして、

「ちがうレシピ考えてつくり直します」

と、私の心中を見抜いたように踵を返す。

「え？　あ、あの……」

田口と幸人が首を振り、露骨に残念そうな顔をする。

——こっちが泣きたいわ。

が、新しいスムージーが開発されるよりも先に終業のチャイムが鳴ったのはラッキーだった。

「では、お先に失礼します」

麗華に呼び止められる前に急いで相談室を出た。

そのまま一階に降りて、受付のあるロビーのソファで古橋を待つ。

同じ営業フロアにいたので、古橋は私の顔を知っているだろう。多分、相談室へ異動になったことも記憶に新しいはずだ。どうやって尾行しようかと考えていた時、同じエレベーターから古橋と桜井が一緒に下りてきた。

「待たせたな、紫音」

――いや、あんたを待ってたわけじゃないけどね。

そうは思ったが、桜井と一緒なら怪しさが半減するはずだ。営業一課の現役課長と元課長。ふたりが社外で引き継ぎがらみの打ち合わせをしていても不思議じゃない。付き合っているという噂が立つかも知れないが、そんなデマはどうでもいい。

「桜井、私についてきて」

「え？　ああ、先に行きたいところがあるんだっけ……。けど、俺、デパートで一緒に下着を選ぶ趣味はないからな」

ニヤニヤしながら、まんざらでもない顔で釘をさす桜井。

「は？」

どんだけ自信過剰なの？　という気持ちを飲み込み、私は正門を出て行く古橋の少し後ろを歩いた。

定時帰宅する他の社員の波に交ざり、古橋は会社の最寄り駅から電車に乗る。

私は桜井と一緒に隣の車両に乗り込んだ。

「で、あなたの話ってなに？」

吊革《つり》に摑まり、ガラス越しに古橋を観察しながら尋ねた。

「話っていうのは辞めた川崎さんのことなんだけど」

並んで電車に揺られながら、桜井が言いにくそうに切り出す。川崎……。私を陥れ、転落させた、あの部下のことだ。

「ああ。彼がどうかした？　もう辞めた人間なんて関係ないでしょ？」

「いやいや、そんなにあっさり切るなよ。元はお前の部下だろ」

「元、はね。それで？」

「それで、噂によると、川崎さん、怪しげな新興宗教にハマってるらしいんだ」

「宗教？　ふうん。救われるといいわね」

「お前なぁ……」

呆れたように溜め息をついた桜井が、それでも食い下がる。

「とにかく、一度、川崎さんを訪ねてみないか？」

「は？　私が？　なんで？」

「なんで、って……」

「あ、待って、ここで降りるみたい。変ね、自宅はあと二駅先なのに」

古橋がひと駅乗っただけで電車を降りる。私も桜井のスーツの袖を引っ張り、慌てて下車した。

「まさかとは思うが……。お前の行きたいところって、古橋さんの尾行なのか？」

ホームに引っ張りだされた桜井が眉間に皺を寄せる。

「そうだけど、なにか？」

桜井がキョトンとした顔になった。

「メシは？」

「張り込みの途中で食べればいいじゃない？」

古橋が改札を抜けたので、その後を追いながら提案する。

「は？　まさか、ドラマの刑事みたいに電柱の陰に隠れておにぎりとかアンパンとか食うんじゃないだろうな」

「正解。男のくせにご飯のことで文句言わない！　ほら、行くわよ！」

「はあ？　下着買ってからホテルのフレンチに行くって話じゃなかったのかよ。なんで俺が刑事ゴッコに付き合わなきゃならないんだ」

と勝手な妄想をリアルに置き換えて不満そうな顔のままついて来る桜井。

「ったく……。なんで俺の夕飯がアンパンなんだよ」

まだブツブツ言っている桜井を無視して古橋の後を追った。

「どこへ行くのかしら……」

電車を降りて改札を抜けた古橋は、力のない足取りで歩いて行く。私は距離を置き、時おり、電柱や看板に隠れながら後を追った。

「え？　ここって……」

路地を抜けて古橋が入っていったのは二階建ての小さなビル。階段を上がっていったということは、上にあるインターネットカフェへ入ったのだろう。

会社を追い出された古橋は、今夜、ここに泊まるらしい。

「よっぽど家に帰りたくないみたいね。いいわ。自宅へ行ってみましょう」

「もういいじゃん。古橋係長って独身だろ？　家に行っても誰もいないって」

桜井が面倒くさそうに言う。

「ところがいるらしいのよ」

「え？　カノジョとか？」

「多分。それも、極妻系のね」

「人は見かけによらないな。あの打たれ弱そうな人が、そんなツワモノと付き合ってるとは……」

腕組みをしてしみじみ呟いた桜井が、

「その後、メシは食うんだろうな？　ちゃんと俺の話、聞くんだろうな？」

と念を押す。

「わかったわよ。古橋係長の自宅にいるオンナを確認したら、一緒に行くわよ」

そう答えると、桜井は、よし、とうなずいて駅の方角へ向かった。

再び桜井と並んで電車のつり革を握った。

その時ふと、窓の外に目をやっている桜井が、

「紫音のこと理解できない部分もあるけど、俺はお前が嫌いじゃない」

と、言いだした。

「嫌いじゃない、って好きって意味なの？　それとも、嫌いじゃないけど好きでもない、つまりどっちでもないって意味なの？」

「は？」

「はっきりしなさいよ」

「…………」

桜井が黙り込んだところで、電車が目的の駅に着いた。そこからは古橋の自宅住所を入力したスマホの地図アプリが便りだ。

「こっちよ」

画面には最短距離が表示されているらしく、いきなり路地に足を踏み入れることになった。

「ずいぶん入り組んでるわね。ほんとにこっちなのかしら」

アプリの性能を疑いながらも表示のとおり、建物と建物の間の細い道を歩いている途中、

「紫音」と、いつになく真剣味を含んだ声に呼ばれた。

「なに？」

振り返ると、びっくりするほど真剣な桜井の顔。

「俺、本当はお前のことが気になってる。入社式の日からずっと」

「…………」

突然の告白に一瞬、言葉を失ってしまったが……。

「それ、ここで言っちゃう？」

「は？」

私は大げさに周囲に視線を巡らせてみせた。それを見て、同じように辺りを見回した桜井が、

「ラ、ラブホ街？」

と、確認するかのように尋ねる。

「そうみたいよぉ？　どうするぅ？　ここでもっと口説いちゃう？」

「…………」

赤面する桜井をそこに置いて私は再び古橋の自宅を目指す。

「ま、待てよ。さっきのはタイミングが悪かった。俺だって本当は、夜景の見えるオシャレなバーとか、フレンチレストランとか、そういうところで告白したかったさ」

「へ～え」

疑惑の目で見る。

「けど、今までこうして、お前とふたりっきりになる機会もなかったから。というかお前

みたいに取り付くシマもないヤツ、ちょっといないぞ」

「なによ、逆ギレ？」

が、考えてみれば営業部にいた頃は、お互い忙しく、親密に話をする機会もなかった。

というか、私自身はこれまで同僚を異性として意識したことがない。それでも、入社以来ずっと、桜井が仕事を通して私のことを見てくれていたのかと思うと、ちょっぴり嬉しく、微かな気恥ずかしさまで芽生える。初めて桜井を異性として意識した瞬間だった。

「あ。ここだ……」

桜井の告白の続きを聞く前に、目的地に着いてしまった。

そこは郊外の一軒家だった。小さい家ではあるが、一戸建てだ。大手商社の係長だから薄給ではないだろうが、それなりに頑張って買った家なんだろう。

――それなのに、家に帰らないなんて……。

「あれ？　電気、ついてるな」

後から来た桜井が呟くように言った。

「ほんとね……。あ、誰か来たわ」

宅配便業者のツナギを来た男が古橋の家のインターホンを押している。すぐに訪問者の顔を確かめるためのライトが点灯した。業者がインターホンに向かって、

「ラビット運輸です！　お荷物、お届けに来ました！」

と、元気な声で名乗るのが聞こえる。

相手が不審者ではないと確信したのだろう。しばらくしてドアが開き、誰かが玄関から出て来る。そのシルエットが庭に出て門扉の向こうから腕を伸ばし、荷物を受け取った。

——あ……！

外灯が照らした男の顔に見覚えがある。

「か、川崎さん……！」

呆然と呟く桜井の体を引っ張って、宅配便のロゴが入った軽トラックの陰に隠れた。

「なんで、川崎さんが古橋係長の家に……」

私の中にも生まれた疑問を、桜井が口にする。

——川崎さんと古橋係長の関係が見えない。

私はトラックの陰からそっと身を乗り出して、印鑑を押す古橋の手元を見た。

「あれ？　あのマーク……」

暗くてよく見えないが、古橋の受け取っている小さな箱に描かれているバラの花をかたどったマーク。その絵柄になんとなく見覚えがあるような気がした。

「そう言えば、古橋係長と川崎さん、年齢が近そうだな。友だちだったのかな……」

桜井が営業部内でのふたりを思い出すような遠い目をする。

「いや、いくら友だちでも、男同士で一緒には暮らさないでしょ」

「だよな……」

「取りあえず、話を聞きに行きましょう」

「え？　川崎さんから？」

「もちろん、そうよ」

驚いた顔の桜井をその場に残し、私は軽トラックの陰から足を踏み出した。

ピンポ――ン……。

私は宅配業者がやったように呼び鈴を押したが、さっきと同じようにこちらの顔を照らすための明かりはつくのに、返事はない。

「避けられてるか、やっぱり……」

桜井が呟く。

「は？　なんで？」

「なんで、って……。川崎さんはお前のパワハラに追い詰められて、あんな風に辞めたわけだし、会いたくないだろ、普通。まずは謝罪の手紙を送るとか、電話するとかして、段階を踏んでから会いに行くのが筋じゃないか？」

「はあ？　謝罪？　なんで？　そうじゃないでしょ？　被害者はこっちなのよ？　わざと重要な書類を隠匿して、報告もしないまま雲隠れ。それって、どうなのよ、人として」

「お前がそうやって高圧的な態度をとるから、あんなことになるんだよ」

「はあ？　なに、それ？　意味がわからない。要らないわよ、そんな逆ギレするような部下！」

怒鳴った瞬間、インターホンの明かりがフッッと消えた。

——あ。聞かれてた、全部……。

真っ暗になった門の前で途方にくれた。

「と、取りあえず、メシ、行くか……。今日は無理だ」

桜井が頬を引きつらせる。

「そ、そうね」

明日、会社で古橋に、なぜ彼の自宅に川崎が居るのかを確認することにして、家の前を離れた。


タクシーを捕まえた桜井は、世田谷の駅に近いバルを選んだ。

店の扉を開けた瞬間、店内に漂っているエスニックな香りに食欲をそそられる。

店内の壁はダリやゴヤ、ピカソやグレコといった、スペインを代表する画家が描いた名画のレプリカで埋め尽くされている。客は日本人と外国人が半々といったところか。

「この店、よく使うの？」

桜井が勝手にテーブル席に座ってメニューを開く。その動作が自然で、慣れた様子だった。

「たまに。最初はホームシックにかかったスペイン人のクライアントを連れてきたのがきっかけでさ。ここ、カタルーニャ地方出身のシェフがやってて、味が意外と本格的だって聞いて」

「へえ」

思えば、こうして桜井と一緒に食事をするのは初めてだ。

忘年会だのリクレーションだの、部署の中でのイベントはあったが、そういう行事に参加する必然性が感じられず、全てパスしてきた。つまり、今までこうしてプライベートで喋る機会はなかったのだ。それなのに、どうしてこの男は私のことを嫌いじゃないだの、気になっていいただの言えるのか。まだ半信半疑だった。

「あ。おいしい。このアヒージョ、最高ね！」

「だろ？」

甘口のワインで食も進み、テーブルの上の料理が無くなりはじめた頃、桜井が、

「俺、あの絵が好きなんだ」

と壁に貼られた絵のひとつを指さす。見れば、美しい女性の絵だ。

「アナトリー・コロバニィコフっていうロシア出身でスペイン在住の画家の絵なんだけど、ちょっと、お前に似てないか？」

——え？

その絵の女性が醸し出す雰囲気は凛としている中にも優しさがあって、似ていると言われたら誰しも悪い気はしないような美人だ。それだけのことで、柄にもなく照れている自分がいた。

そして、それっきり沈黙が続いてしまい、よけいに気まずい。

「ていうか、桜井は私のどこが好きなわけ？」

アメリカにいる時、私はクラスメイトの間で、それなりに人気があった。高校の卒業イベント、プロムの前には、十人近くのクラスメートからエスコートの申し出があった。が、日本に戻って以来、異性からアプローチされた記憶がなく、これは帰国後、記念すべき一回目の告白だ。生まれも育ちも日本、留学経験もないという桜井が自分のどういうところを好んでいるのか、興味がある。

「はっきり聞くなあ」

桜井はきれいな指先で、グリッシーニという細長いクラッカーのようなパンを割り、オリーブオイルに浸しながら笑う。その睫毛を伏せた顔が、会社で見る時とは別人のようにセクシーに見えた。

「でも、そこ、重要じゃない？」

「じゃあ、言わせてもらおうか」

そう言って冗談ぽく笑いながらも改まった態度で、ゴホンと咳払いされ、ワクワクし、緊張もしたのだが……。

「顔」

「は？　外見？」

「俺が好きなのは、あの絵にそっくりの顔だよ」

「それだけ？」

「それだけ？　って、それ以外、お前に惹かれるところはない」

「…………」

――死ね、いっぺん。

社内では付き合いの長い桜井。その彼に、外見しかとりえがないと言われたことは、自分でも意外なほどショックだった。彼が私に対して好意的に接してきた理由がそれだけだったとは……。

「じゃあ、私が年を取って、あの絵みたいじゃなくなったら終わりなのね？」

桜井は自分でもわからない、といった顔をして首をひねった。

「そうなるのかなぁ……」

――バカヤロウ。そんなの、こっちから願い下げよ。こうなったら、コイツが破産するまで飲んでやる。

そこからはワインを鬼のように飲んだ。

これまで桜井に好意を持ったことなどない。それなのに、なにを期待していたのか、彼の言葉にかなり失望している自分がいた。

「そもそも日本の男が、か弱い女を好きなのは自分に自信がないからよ！」

などと文句を言いながら、浴びるように飲んだ後、フラフラの体をタクシーに乗せられ、桜井に送られて自宅に戻った。

「ただいまー……イタっ、な、なによ、コレ」

無造作に廊下に置いてあった箱に千鳥足が引っ掛かった。なにげなくその箱を見ると、ついさっき川崎が受け取るのを見た箱に描かれていたのと同じバラのマーク……。

――ローズ・ライフ・セミナー。これって……、お母さんがハマっているセミナーのシンボルマークだ……！

桜井が言っていた、川崎がハマっているらしい新興宗教というのは、母が通っているセミナーのことなのだろうか。

――嘘でしょ……。

問いただそうにも、家の中は真っ暗で、家族はすっかり寝静まっている。

――明日にしよ。


翌朝、スーツに着替え、二日酔いで痛む額を押さえながら台所へ行った。

「あれ？　お母さんは？」

母の姿がない。

「ボランティアで公園の掃除だと。アッツ……アッツ……」

父が焼き立ての食パンをトースターから摘まみ出そうと格闘している。銀行マン時代は洗い物ひとつしたことのない父が。

「ボランティアって？」

「セミナーの先生から『幹部になったんだから、人の役に立つことをやれ』って言われたらし……アッツ……」

「は？　幹部？　冗談じゃないわ！」

怒りにまかせ、父がおそるおそる触っているパンを鷲摑みにして皿へ載せてやった。

「マルチだか霊感商法だか知らないけど、深入りしたら大変なことになるって、どうしてわからないのかしら」

桜井の言葉を借りれば『追い詰められたサラリーマン』の弱った心に付け込んで、怪しげなグッズを売りつけるようなセミナーの幹部に自分の母親がなるなんて、冗談じゃない。

「そんなに怒るな。母さん、明るくなったじゃないか」

父は呑気に私を諌《いさ》める。

「そういう問題じゃなくて……」

父に言いたいことは山ほどあったが、ぐっと飲み込んだ。それでなくても二日酔いで頭がガンガンしているのに、これ以上、血圧が上がったら血管が切れそうだ。

「会社、行ってきます」

家族のことは後で考えるとして、とにかく古橋の件を解決すべく、会社へと向かった。

5

「僕、川崎さんとは同期なんです」

昼休み、相談室まで出向いてもらった古橋が、訥々と喋りはじめた。

部屋の隅にある応接用のソファで向かい合って彼の話を聞いていたのだが、例によって相談室のメンバー全員が聞き耳を立てているのがわかる。

「親しいんですか？　一緒に暮らすほど」

「い、いいえ……」

古橋は困惑するように首を振る。

そこへ、トレイを持った麗華が現れ、テーブルの上にグラスをふたつ置いた。お茶かと思えば中には濃厚そうな液体……。

——げ。スムージーじゃん。

「すみませえん。お茶を切らしちゃっててぇ」

と恥ずかしそうにトレイで口許を隠す麗華に、古橋はぼーっと見惚《みと》れている。

「これ、体にいいんですよぉ？　古橋係長、目の下にクマができてて、表情もお疲れのようなので、甘酒と梨を使ったスムージーにしてみました」

言われてみれば、古橋の前に置かれているグラスの中身は白い。

「え？　深沢さんが僕のために？」

「はい。困ってらっしゃる古橋係長のためだけにつくったオリジナルです。どうぞ、飲んでみてください」

それだけのやりとりでもう古橋の目が潤んでいる。

「う、うまい……」

彼は一口飲んで感動したように呟く。

「ありがとう、深沢さん。疲れがとれて、本当に元気でてきました」

――そんな速く効くわけないだろ。完全にモッてかれてるな。

呆れて古橋を見ていると、麗華が私のほうを向いて、

「松坂主任もどうぞ？」

と挑むような目をして言う。相当な自信作なのだろうが、私の前に置かれているグラスの中のそれは、とても飲む気にはなれないような茶褐色だった。

「き、気のせいかしら。前に飲んだのより、えげつない色になってるような気がするんだけど」

「リンゴとキウイとトマト、それにちょっぴり小松菜とシナモンを加えてみました」

なるほど、トマトの赤色とキウイの緑、それにシナモンが混ざって茶色い液体に仕上がっているらしい。が、その取りあわせを聞いただけで不吉な予感がする。

「の、飲むわよ。飲めばいいんでしょう」

今日こそこの罰ゲームを終わらせるために、私はグラスを握った。緊張しながら、口に含んでみると、意外に飲みやすい。が、やっぱり後味の小松菜が曲者だ。

「あ。でも、大丈夫。これは人間の飲み物だわ」

かと言って、ゴクゴクと一気に飲むほどおいしいわけでもなかったので、そのままセン

ターテーブルに戻した。

それは正直なリアクションであり感想だったのだが、麗華はまた失望したような表情を浮かべた。そしてがっくりと肩を落として席に戻り、机に伏せて背中を震わせている。

――か、勘弁して……。野菜ジュースに対する最上級の褒め言葉だったのよ。

すぐさま、田口と幸人が、麗華をなだめる。非難するような目でこっちを見ながら。それは見ないようにして、古橋との話を続けた。

「それで、なぜ、川崎さんは古橋係長の家にいるんですか？　ただの同期なのに？」

「川崎さん、会社を辞めた日の夜、ウチに来たんです。すごく落ち込んでて、ひとりにしたらなにをするかわからないように見えたので、取りあえず、一晩だけのつもりで家に泊めたんですが……」

「そのまま帰らなくなったってことですか？」

「いえ、その次の日にはちょっとだけ元気になって、いったん帰ってくれたんですけど……。次の日の夜、別人のように明るくなった川崎さんが訪ねてきて……」

古橋が困惑したように溜め息をつく。

「は？」

「パワー・ストーンだかなんだかの、変なブレスレットを持ってきて『これを買え』って。プレゼントしたいのはヤマヤマだけど、自分で買わないと効果がないからって……。けど、ローズなんとかっていう詐欺まがいの集団があるって、テレビ番組で見たばかりだったので、恐ろしくなって……」

頭の中に、母が肌身離さずつけている怪しげなブレスレットが浮かぶ。

「なるほどなるほど。お話、もうちょっと詳しく聞かせてください」

いきなりパーテーションの向こうから現れた向井弁護士がジャケットの前をとめながら私の隣に腰を下ろし、話の続きを促す。いつものダルそうな態度が嘘のようにキリリとして。多分、金になる大きな訴訟の匂いを嗅ぎつけたんだろう。

――ニュースになるぐらいだから、向井もセミナーのブレスレットがマルチだってこと、気づいてるよね。マズいわ……。

悪徳セミナーの幹部のひとりとして逮捕される母の姿が目に浮かぶ。

動揺する私を前にして、古橋は話を続けた。

「川崎さんは『自分はそのセミナーで救われた。君にも知って欲しい』って言って……。ブレスレットを買うまで帰らないって、きかなくて」

「そのブレスレット、いくらなんですか？」

向井が踏み込む。

「聞いてません。話を聞いてると、洗脳されそうで恐ろしくて」

「なるほど。川崎さんはなんという宗教団体……じゃなくてセミナーからブレスレットを購入したっておっしゃってました？」

完全に向井がカウンセリングをリードしていた。

「なるべく聞かないようにしてたんで、うろ覚えなんですが……。確か……、『薔薇のマークでお馴染みのローズなんとか』っていうセミナーです」

――ビンゴだ……。

ミスをして会社を辞め、人生に行き詰まった川崎。その心の弱みに母が加入しているセミナーが付けこんだのだ。

やっぱりそうか、と向井がうなずいた。

「実は薔薇のマークでお馴染みのラ・ヴィアン・ローズという団体があって、最近、パワー・ストーンを使った霊感商法で荒稼ぎしてるんですよ。主に大企業の社員や裕福な老人を狙ったマルチ商法で、被害総額は二十億を超えると言われています」

――に、二十億……！

ふーっと意識が遠のきそうになった。

どうやら、正式には『ローズ・ライフ』ではなく、『ラ・ヴィアン・ローズ』という名前だったらしい。母の話をきちんと聞いていなかった自分を後悔した。

「ぶっちゃけ、この事件はいずれ集団訴訟に発展すると思ってるんですよ」

と、前のめりになる向井。

――まずい。このままでは向井に全てがバレてしまう。私の元部下が被害者で、母がその詐欺まがいのグループの一員だということが。訴訟問題に発展する前に、母と川崎を脱退させなければ。

「わかりました。私が、川崎さんと話しましょう。けど、私が連絡してても会ってもらえないと思うので、古橋さんが呼び出してください。ブレスレットを買うという名目で」

私はこれ以上向井に首を突っ込ませないために、必死で口を挟んだ。

「わ、わかりました」

古橋は緊張した顔でうなずき、相談室を後にした。

6

翌日、私は向井と一緒に古橋が川崎を呼び出したはずのファミレスに向かっていた。

会社を出ようとした時、なぜか向井が一緒に立ちあがり、軽い口調で、

「俺も同行するわ」

と言い出したのは誤算だった。

「え？　向井さん、今夜はお仕事じゃないんですか？」

やんわりと同行を断る方向に話を進めようとしたのだが、

「こっちのほうが金になりそうだし」

と、あっさり言ってついて来る。

——この男をバディにしたくないから、この時間帯を選んだのに。やばい。訴える気、満々じゃん……。

かと言って強硬に断れば、私とセミナーの関係を疑われかねない。

「じ、じゃあ、行きましょうか」

仕方なく、一緒に会社を出て電車に乗ったのだった。


電車に揺られながら、向井のことをまったく知らない自分に気づいた。が、下手をすれば母のことで一戦交えることになるかも知れない相手だ。

「そう言えば、今まで聞いたことがなかったんですけど……」

私は向井の能力や人となりを探ることにした。

「うん？」

窓の外に視線を置いていた向井がこちらを見た。

「向井さんって、勝率どれぐらいの弁護士なんですか？」

私の質問に向井はフッとクールに笑った。

「無敗だ」

「う、嘘……」

その返事に絶望的な気持ちになった。

「けど、しばらく法廷には立ってない」

そう告白する横顔には陰りがある。

「どうしてですか？」

「最後にやった裁判で……。勝つには勝ったんだが、被害者の気持ちを傷つけてしまって。俺自身、法廷に立つことが怖くなった。だから今は相談室でリハビリ中だ」

リハビリと言っても寝ているだけだが……。それにしても。

「勝ったのに、傷つけた？」

「まあ、そういうケースもあるんだよ」

その辛そうな顔を見ると、意外に繊細な男のように思えてくる。

「聞かせてください」

向井の人柄をもっと知るために踏み込んだ。

「性的被害にあった女性に示談ではなく、法廷で徹底的に争うことを勧めたんだ。彼女もそれを望んだから。だが、相手は事実無根だと言い出して故意に裁判を長引かせた。結果、彼女は何度も聞かれたくないことを詰問され、嫌な記憶を辿ることになって、心に大きな傷を負った。その上、有罪が確定した被告は、執行猶予中に失踪してしまった。賠償金も払わないまま」

「ひどい……」

「相手のしたたかさを見抜けなかった俺のミスだ。責任を感じた俺は被告の代わりに慰謝料を払い続けることにした。昼も夜も働いて。俺には金で償うことぐらいしかできないから」

「……………」

だからといって会社で寝ていいということにはならないが、やる気がなさそうに見えた弁護士の意外なバックグラウンドを聞いてやけにしんみりしてしまった。

「というわけで、このヤマは絶対に俺がもらう。なんせ二十億のヤマだからな。きっちり裏をとってから川崎さんの弁護士になって、俺を弁護団の代表に指名してもらうという算段だ」

――マジか……。

こんなにやる気に満ち溢れた向井を見るのは初めてのことで、ますます不安になる。

どんよりした気分でファミレスへ行くと、既に川崎が奥のボックス席で待っていた。古橋が入信だか入会だかをしてくれると思っているのだろう、その表情は明るい。

「川崎さん」

私が声を掛けた途端、彼の顔から表情が消えた。

「マ、マッカーサ……じゃなくて、ま、松坂課長……」

おろおろと挙動不審になる川崎の向かいに座り、私は腹をくくった。母が詐欺の片棒を担いでいるのだとしたら、訴えられても仕方がない、と。

「ま、松坂課長、どうしてここに」

「川崎さん。古橋係長から聞いて来ました。私にもぜひ、そのパワー・ストーンを売って欲しいと思って」

向井は面喰らったように私を見ているが、もちろん、話を聞きだすための方便だ。

「え？　ほんとですか？」

母と同様にセミナーを信じ切っている川崎は、急に嬉しそうな顔になる。

「最近、なにをやってもうまくいかないんです。課長から主任に降格されるわ、営業一課からお悩み相談室へ追いやられるわ、で」

全部あんたのせいだけどね、と言いたいのを堪え、沈痛な表情をつくる。

「そ、そうなんですか？　ちょっと待ってくださいね。すぐに霊視しますからね」

と川崎はいきなり私の手を両手で握って自分の額にあてた。

――げっ……。

脂ぎった男の眉間に手の甲をくっつけられ、ブルーな気分になる。

「見えました。松坂課長の右肩に緑色の葉っぱが載っています」

「は？　葉っぱ？」

「レタス……いや、ホウレンソウ……いや、小松菜……かな？」

小松菜。それはここ数日、毎日のように私を悩ませるスムージーのレシピに必ず入っている緑黄色野菜だ。

「嘘……。当たってるわ！」

「でしょ？　そんな八方ふさがりの松坂課長にはこのストーンがオススメです」

と、アタッシュケースの中を引っ掻き回した川崎が取り出したのは青い玉が数珠のように連なったブレスレット。これでスムージー地獄から脱出できるのなら買いたい、と思っている自分が怖い。

「それ……いくら？」

恐る恐る聞いた。このブレスレットの代金の十パーセントだか二十パーセントだかで、ピラミッドの上のほうにいる会員は私腹を肥やしているはず。

「五十円です」

ニコッと笑った川崎の返事に、耳を疑いそうになった。

「はい？　五十万円じゃなくて？」

「五十円です」

「そ、そんなに安いの？」

「はい。だって、素材はプラスチックですから」

「は？　そ、そうなの？」

差し出されたブレスレットを受け取ってみると、確かに軽い。

「で、でも、パワー・ストーンって……」

「パワー・プラスチックではちょっと説得力ないじゃないですか。でも、プラスチックとは言え、効果はすごいんです。それはそれは徳の高い先生がしっかりとパワーを注入していますから」

「………」

向井も絶句したように黙っている。

――いったい、五十円のブレスレットをいくつ売れば二十億になるんだろう……。

「そのセミナーの会員って、どれぐらいいるの？」

「今、二十名ぐらいです」

「は？」

「ウチの団体、ローズ・ライフにはもともとは三十人ぐらい会員がいたんですけど、最近、ラ・ヴィアン・ローズとかいう詐欺集団と混同されるようになってしまって、それが原因で周囲から変な目で見られて、嫌になって辞めた会員が十人ぐらいいて……」

――つまり、ローズ・ライフとラ・ヴィアン・ローズというふたつの団体があるんだ……。悪徳セミナーは母の通っている団体とは別のもの……。

ホッと胸を撫で下ろしている私の横で向井が脱力したようになっている。

やっと余裕を取り戻した私は、川崎に尋ねた。

「川崎さん。どうしてあんな風に会社を辞めたんですか？」

なるべく考えないようにしていたことだが、ずっと心に引っ掛かっていた。

認めたくはないが、桜井の初動で損失を最小限に抑えることのできた会社は、川崎の責任を問うことはせず、ミスとして処理した。彼がそれまで真面目に勤務していたからだ。

が、ビジネスマネジメント部の眠り姫、筧遥香によれば、問題の帳票は、コピーとはいえ、川崎に直接手渡したというのだから、ミスはあり得ない。

「私を陥れたかったのなら、パワハラで告発すればよかったじゃないですか」

川崎は静かにうつむいた。

「松坂課長を陥れたかったわけじゃありません。もうイヤだったんです、会社へ行くのが……」

「え？」

「頑張っても頑張っても評価されない。あなたのように、後から配属された優秀な人材にどんどん追い抜かれる。そんな残酷なピラミッドの中にいるのが耐えられなくなったんです。あの書類を隠すことで自分をあの場所に居られなくしようと思ったんです。後のことなんて考えられなかった……」

——それでちがうピラミッドに移ったわけね。ウチの母みたいな凡庸な人間が上にいるとも知らずに……。

「川崎さん。あなたは優秀ですよ」

「え？」

私がそんな風に自分を評価していると思っていなかったのか、川崎が驚いたように睫毛を撥ね上げる。

「私が初めて部下として信頼した人間だったからこそ、私はダブル・チェックを怠ってしまいました」

川崎が再びうつむいた。

「川崎さん。セミナーなんか辞めて、もどってくださぃ、会社に」

「ですが……」

「あなたの辞表はまだ受理されていません。今の一課の課長、桜井はまだあなたを休職扱いにしてるんです。アレはそういうヌルい男です」

「ほ、本当に課長が替わったんですか？」

川崎が身を乗り出す。

「ええ。さっきも言いましたが、私は異動になったので」

「わかりました。明日から出勤します」

手のひらを返したように目が輝いている。

「はい？　川崎さん、さっき、会社を辞めた原因は私じゃないって言いましたよね？」

「松坂課長を陥れたかったわけじゃない、って言っただけです」

つまり、会社が嫌になった原因のひとつは私だったということなのだろうか。

「あのねえ。川崎さん。よっく聞いてくださいよ？　私は一課の課長として、部下の能力を最大限に引き出そうと……」

力説をしている途中で、向井にポン、と肩を叩かれ、

「帰ろう。あんたがそれ以上言うと、また川崎さんの心が折れる」

とたしなめられた。

「……………」

昨日までなら寝たきり弁護士の言葉になど耳を貸さなかっただろうが、自分の判断ミスで傷ついた女性への贖罪のために働いていると聞いたせいか、今日は彼の言葉に重みがある。

「わかりました」

私は自分を正当化できないまま、五十円のパワー・ストーンを購入し、会社へ戻った。

7

「というわけなんです」

室長の梶原に、明日から川崎が出勤することになった経緯を報告すると、

「そうですか。では一件落着ですね」

と、パソコン画面を見つめたまま言った。――どうでもいいようだ。

が、他のメンバーは今回の事件のなりゆきが気になっていたらしく、定時を過ぎているのにまだ全員が残っている。

席に戻って、ふと麗華のデスクを見ると、スムージー用のミキサーが無くなっている。

あれ？　と思った心の声が聞こえたかのように、麗華が、「私の中でスムージーのブームが去りました」という。諸手を上げて小躍りしたくなるのを必死で堪えた。私のポケットの中には川崎から五十円で買ったパワーストーン……もといプラスチック。会長先生が注

入したというパワーのおかげかも知れない、と思っている自分が怖い。

「おいしかったんだけどなあ。深沢さんのスムージー」

残念そうに呟く幸人を睨みつける。

「今、机の下で百種類の野菜や果物を発酵させた酵素を熟成させてますので、ご期待ください」

「………………」

更に飲みにくそうだ。壮絶な味を想像し、今すぐ酵素封じのパワー・プラスチックを入手したい衝動に駆られていた。

その時、麗華がふと室内を見回し、

「あれ？　そう言えば、向井さんは？　一緒じゃなかったんですか？　スムージーの最後の一杯、置いといて、って言われたんですけど」

と、愛らしく首を傾げる。

「ああ。そのまま次の仕事に行くって言ってたわよ？」

集団訴訟が夢と消えた向井は確かにそう言って会社へ戻る途中で電車を降りた。すると幸人がシャーペンをクルクル回しながら口を開いた。

「大変だなぁ、向井さん。松坂主任も聞きました？　向井さんが昼間、寝てる理由。僕、感動しちゃいました」

「ああ。今日、聞いた。昼も夜も働いて、性的被害にあった女性に慰謝料を払ってるって話でしょ？　加害者の代わりに」

「え？　女性？　僕が聞いたのは暴力団の抗争に巻き込まれて父親を失った小学生に援助してるって話でしたけど？」

幸人がキョトンとした顔になる。

「ちがうでしょ？　私が聞いたのは可哀相なお年寄りの話だったよ？」

今度は麗華がポカンとした顔で言う。すると、田口が、

「え？　僕は、『示談交渉の条件は後で変えてもいいですよ』ってこっそりアドバイスしてくれた裁判長が、和解した後で、『そんなこと言ってない』って言いだして、顧問やってた会社から『お前のミスだ』って莫大な損害賠償を求められたからだって聞いたんだけどな。それ以来、裁判官が信用できなくて、法廷に立ったのは後にも先にもその一回きりだって」

と言う。

どれが真実かはわからないが、田口の話に一番信憑性が感じられる。

——確かに無敗だ。唯一の裁判が示談になったのだから、勝ったも負けたもない。あの嘘つき弁護士め……。

一瞬でもしんみりした自分がバカみたいだ。

やはり、こんな烏合の集団にいつまでも付き合っていられない。

私は営業部への復帰を強く願い、

――アイ・シャル・リターン！

とまた心の中で叫ぶ。


「ただいまー」

リビングのドアを開けると、母が鼻歌を歌いながら洗濯物を畳んでいる。

「あら、お帰りなさい、紫音」

「やけに楽しそうね。なにかいいことでもあった？」

あまり興味はなかったが、どうせ自分から言ってくるのは目に見えている。

「お母さんね。今、究極の選択を迫られてるの」

「は？」

凡庸な主婦がなにを大袈裟な。片腹痛いわ、と思いながら目をやった母は、膝の上で父のデカパンを畳みながら、

「今度、ローズ・ライフの会長先生が引退されることになってね。もうご高齢だから仕方のないことなんだけど」

と残念そうに言う。ブレスレットを一本売っても五円か十円しか入って来ないのでは、会長職に未練もないだろう。

「ふうん。それで？」

「お母さん、会長、やらないかって言われてるのよ」

「は？　そんな簡単になれるもんなの？」

「バカなこと言わないで！　簡単じゃないわよ！　ここまでくるのにどれだけの苦労があったか。毎日、毎日、公園の掃除をしたり、お年寄りのおうちを訪問したり」

とは言うものの、お隣さんに誘われて母が入会したのはつい半年前のことだ。

「わかった、わかった。それで、なにが究極の選択なの？」

「そのお話が来たのと同時に、ヘッドハンティングの人が来たの」

「ヘッドハンティング？」

これまた凡庸な主婦には不似合いな単語だ。

「お母さんの働きぶりを知ったちがうセミナーから声がかかったの。幹部にならないかって。紫音、知ってる？　ラ・ヴィアン・ローズって言うセミナー」

「ラ、ラ・ヴィアン・ローズ?!」

「そっちの幹部になったら、月に百万円もくれるって言うのよ。百万よ？　それがほんとだとしたら、きっと、すごい修行が待ってるんだと思うの。けど、私、自信があるの。たとえ東京ドームぐらい広い公園を毎日ひとりで掃除させられても、私、耐えてみせる！　困ってる人たちのために」

やる気満々で眉間に皺を寄せながら、それでもまんざらでもない顔で語る母。

マジか――……。

なんの猜疑心も危機感もない、天真爛漫な母の顔に、気が遠くなった。

第四章 トイレの奈々子さん

1

「はい。お悩み相談室の松坂です」

その電話は九時きっかり、始業のチャイムと共にかかってきた。

『総務部の宮田《みやた》です』

「あ。部長、おはようございます」

それはお悩み相談室を管轄する総務部トップからの電話だった。

『今日付けで人事、総務、広報の三部門を統括する担当役員が替わりました。後任の常務がそちらへご挨拶に行かれる予定なので、対応してください』

常務役員自らこのちっぽけな、あってもなくても大勢には影響のなさそうな部署に出向いてくるとは意外だ。とは言うものの、重役にまで登りつめるような人間は、自分の目で現場を確かめる人物が多いのも事実。

「承知しました。で、対応といいますと具体的にはどのように……」

『まぁ、適当に』

「は？」

総務部長自身は相談室のことなどあまり真剣に考えていないようだ。

『じゃ、今日の午後一番にそちらへ出向かれるので、よろしく』

部長からの恐ろしくざっくりとした指示を受け、私は受話器を置いた。

そう言えば四月一日は定例の人事異動がある日だった、とその電話で思い出した。発表から既に十日が経っている。私には事前の打診も内示もなかったから、今回の人事で自分が営業部へ返り咲くことはないとわかっていた。すっかり興味を失い、新しい組織表を見てもいなかった。

営業の頃は統括役員に対し、自部署の活動内容や活動実績についての説明をする機会が多々あった。その都度、自分がいかに有能な管理職であるかをアピールしたものだが……。

すぐに社内向けのホームページを開いてみた。発表されたばかりの獲れ獲れ情報には『Ｎｅｗ』のマークがついている。が、十日も前の記事にはそのロゴもなく下のほうに埋もれていた。

──あった、あった。春の定期異動。本社間接部門、人事総務関係の担当役員は……。

「常務取締役の澄川幸村《ゆきむら》……？　って、どっちが苗字？　てか、武将みたいな変な名前……」

「澄川幸村は僕の父です」

私の呟きを聞いていたらしく、幸人が小さく手を挙げる。なぜか肩身が狭そうな様子で。

「武将好きの祖父がつけた渾身の名前だそうです。渾身って言っても、真田《さなだ》幸村から、まんまパクリなんですが……」

「パクリって……。確かに、まんま、だけど」

「なんのひねりもなく、人気武将からマルッと頂いてるんですよ」

幸人は、面目ない、と指先でこめかみ辺りをポリポリ掻いた。

私たちの話を聞いていた麗華がニコニコしながら話に加わってきた。

「へえ。じゃあユキトの名前はお父さんの幸村から一文字もらってるんだね」

「そうです」

「ユキト、お兄さんいるって言ってたよね。じゃあ、お兄さんの名前は『幸村』の『村』をとって……『村人《むらびと》』とか？　村人！　超ウケる～」

自分の想像に自分でハマって爆笑する麗華に、幸人が真顔で答える。

「いえ、兄は昌人《まさと》です」

「なんだ。普通じゃん。武将に関係ないじゃん」

私は本気でがっかりしている麗華に教えてやった。

「お兄さんのほうは多分、真田幸村の父である昌幸《まさゆき》から一文字拝借したんでしょ。深沢さん、帰国子女の私より日本の歴史を知らないのね」

「だってえ。私、生きてる人間にしか興味ないんですもん」

「…………」

ただの言い訳だとは思うが、なかなか哲学的なことを言う。思わず絶句してしまった。

「父はついこないだまでドバイ支社の支社長やってたんですが、今回の人事で本社に戻って、間接部門をみることになったみたいで」

　高岡物産には五十人近い役員がいる。彼らは海外の事業体のトップになったり、社内に戻って各セクションを管轄したりと目まぐるしく動く。

「じゃあ、ユキトってば、お父さんが上司になったんだあ」

　麗華がふうん、と感心したように呟いた。

　この会社は本当に縁故入社が多い。実に二割ほどがコネ入社だというから、身内と同じ部署になるのは、有りえないことではないだろう。

　だが、幸人は身内の下で働くことに抵抗があるらしく、

「マジでブルーです。僕、早退しよっかな……」

　と、うつむく。

「いいじゃん。やりやすくなるじゃん。ユー、希望、どんどん言っちゃいなよ、パパに」

　幸人とは対照的に麗華はテンションが上がった様子だ。

「希望って……」

　麗華に焚き付けられてもなにも思いつかない様子で困ったようにもじもじする幸人。すると、カルテを眺めていた田口医師が、横から助け舟を出す。

「そうですねえ。例えば、相談室でこんなことやってみたい、と上申してみるとか」

　確かにこれは相談室の認知度を上げるためのチャンスかも知れない。

「それ、いいじゃない？　これからは澄川君のコネクションを最大限活用して、どんどん上に企画を上げていきましょうよ。そもそもウチの会社、トップに行きつくまでに途中関

門の管理職が多くて、時間かかりすぎなのよね。やりましょう、一気にボトムアップ」

やろう、やろう、と小規模に盛り上がっているのだが、聞こえているのかいないのか、梶原はいつものようにモニターを凝視、向井はデスクに伏せて眠っている。

——ま、いっか。これが相談室の総意ってことで。

「じゃ、一発目の企画、なにがいいかしら」

私が三人を見回すと、麗華が「はい!」「はい!」と手を挙げる。

「手は挙げなくていいから。はい、じゃあ、深沢さん」

「アンケートがいいと思います」

麗華がいつになく真面目な顔で意見を述べる。

「アンケート?」

「今までも健保組合がやってるストレスチェックみたいなアンケートはありましたけど、具体的な職場の悩みについての項目は無かったんですよね」

「そう言えば……」

ここ数年、ストレスチェックという名の不毛なアンケートが全社員に対して行われている。チェック項目は、例えば『あなたは上司から評価されていると思いますか』とか『あなたは同僚の輪に入っていくことができるほうだと思いますか?』といった質問。これに対し『まったく思わない。思わない。そう思う。少しそう思う。かなりそう思う』といった五段階の回答が用意されている。

「ああ。あれね？　前回、私の結果は『あなたの精神は健全です。まったくストレスはありません』という『A』評価だったわ。営業部であんなにストレスと闘ってた私がA評価のわけないじゃない？　ほんとにくだらない、時間の無駄だった。もらった結果をビリビリに破って、それ以来、スルーよ」

過去の職場ストレスに関するアンケートに対し、『バカバカしい』『経費の無駄遣いだ』と散々罵った後で、なぜか麗華と幸人がなにかを気にするようにチラチラと田口のほうを見ているのに気づいた。

「あれ、僕がつくったんです……。採点も僕がしました……」

田口がしょんぼりしている。

――えっと……。

フォローの言葉が見つからないので、話題を変えた。

「深沢さんからこんなまともな意見が出るとは思ってもいなかったわ。いいね、アンケート。一度に沢山の相談が拾えるし、電話とかメールよりハードルが低いかも。みんなが書いてるわけだから。その上、全社に相談室の存在を知らしめることができるわ。深沢さん、ナイスアイデア」

私が褒めると麗華は嬉しそうに白い歯を見せて笑った。

そして、まだイジイジしている田口に、

「先生。今度こそ、実のあるアンケートにしようじゃありませんか！」

と、励ましたつもりだったのだが、彼は泣きそうな顔のまま相談室を飛び出してしまった。

——えっと……。面倒くさ……。

「ま、いっか。じゃ、さっそく、今日、常務に直訴してみましょう、澄川君が」

すぐさま幸人を提案者に任命すると、サラブレッドの顔が硬直した。

「え？　僕がですか？　イヤですよ。息子の立場を利用して父に頼みごとするなんて」

私の提案に幸人が抵抗する。

「はあ？　今さらなに、骨のある息子ぶってんの？　どこからどう見たって縁故入社の骨折しやすそうなサラブレッドなんだから、使える物はコネでもなんでも使いなさいよ！」

イライラして言い返すと、幸人がひどく傷ついたような顔になった。慌てて麗華が、

「主任。ちょっと言いすぎじゃないですか？」と、語気を強める。

「ご、ごめん。言いすぎた。けど、嘘は言ってないから。本心だから」

私が正直にそう言うと、幸人がワッと声を上げ、机に伏せて背中を震わせた。

「もうっ！　主任ってば、謝るんですか、喧嘩売るんですか、どっちなんですか！」

「どっち……。どっちどっち……。えっと……トイレ、行ってきます」

ただの本音であり、謝るつもりも喧嘩を売るつもりも、どっちのつもりもない。

言葉に詰まり、居づらくなった私は相談室を出た。

「あ……」

廊下へ出たところで桜井と鉢合わせになる。

「お、おう」

少し戸惑うような顔をして片手を上げる、ちょっとしたイケメン課長。

「どうしたの？　このフロアに用事？」

「あ、いや。この前、紫音、相当酔っ払ってたから、大丈夫かな、と思って」

「え？　わざわざ様子を見に？」

「いや。……まぁ、そんな感じ」

桜井が照れくさそうに頭を掻く。心配して様子を見に来てくれたんだと思うと、なんとなく嬉しいが、今さら可愛い女を演出することもできず、

「大丈夫。酔っ払っても、桜井の好きなこの顔を柱にぶつけたりしてないから」

と、冗談と嫌味が混ざった返事しかできない。

「は……ははは……。やっぱ根に持ってるんだ」

桜井はぎこちなく笑った後、「んじゃ、またな」と、それだけ言って、エレベーターホールへと戻って行く。

——ほんとに心配して様子を見に来てくれたのか……。

桜井を異性として好きかどうかは別として、どうしてもっと素直に会話できないのか、自分の性格が恨めしい。だからこそ、顔だけ、と言われてしまうんだろうが。

田口と幸人を泣かせてしまった直後だからか、私らしくもなく自己批判してしまった。

それにしても、今までこんな風に自分の言動を反省したり、ウジウジ考えたりしたことはなかった。なんだか相談室へ来てから調子がおかしい。

——いや、今さら可愛い女ぶったところで、どうせすぐにボロが出るわ。これが私なのよ。ありのままの私を好きだって言ってくれる男じゃなきゃ、恋愛は続かないでしょ。マッカーサーはマッカーサーなのだから。

そう自分に言い聞かせ、踵を返した時、少しだけ開いていた相談室のドアがパタンと閉まった。誰かが私と桜井のやりとりをのぞき見していたようだ。

——別にいいけどね。

ただ、自分がどんな顔をして桜井を見送っていたのか、どんな顔をして柄にもなく自己批判していたのか、それを相談室の人間に見られたかも知れないと思うと少しだけ憂鬱だった。

相談室に戻ると、すぐさま幸人が駆け寄ってきた。

「主任！　僕、お父さ……じゃなくて常務に企画をぶちあげます！　営業部の誰よりもカッコよく、プレゼンしてみせます！」

——営業部？

のぞき見の犯人はこの男だったらしい。その証拠に桜井へのライバル心が露骨に燃え上がっている。

「あ、そう。どうしてそこに営業部って単語が出てくるのかはよくわからないけど。じゃあ、澄川君。そのステキな企画をA3用紙一枚にまとめてくれるかしら?」

「え?　A3ですか?」

「そうよ、企画書のフォーマットはA3横書きって決まってるでしょ」

「A3って……。多分、僕の企画、三行ぐらいで終わっちゃいそうなんですけど……」

「はあ?　有りえないでしょ!　なんのためにアンケートをとるのか、誰にアンケートをとるのか、どんな内容のアンケートなのか、そのアンケート結果を受けてどう動くつもりなのか、その結果に基づいて対策を実施した場合の予想効果、その効果がアンケートにかかる社員の工数や、実施費用を上回らなければ、やる意味がないでしょ」

私が企画書に盛り込むべき内容を思いつくだけ並べると、幸人は目をパチパチと瞬き、

「えっと……。すみません。もう一回、お願いします。最初から言ってください。メモします」

と、自分の机に戻ってペンとメモ用紙を持って戻って来る。

「もういいわ。時間もないし、私が完璧な企画書をつくるから、澄川君から常務に説明しなさい」

「わ、わかりました……」

澄川は大役を仰せつかって緊張しているようだが、私は久しぶりの企画書作成に腕が鳴る。

じゃあ、みんな聞いて、とキャスター付きのホワイトボードを引っ張ってきて、メンバーに声をかけた。

「今回のプレゼンの中で重要なのはアンケートの内容です。アンケートの項目は大きく三つに分けようと思います。田口先生には持病やウツや不眠などの医療的分野に関する悩みを、向井弁護士には借金や離婚、相続などの法律的分野におけるトラブルを、それぞれ想定して質問をつくってください」

残った私と幸人と麗華の三人で、人間関係や仕事の内容など、日常的なトラブルについての質問をつくることにした。

「まず、ブレーンストーミング形式で、職場環境において困ることから挙げてみましょう。深沢さん、書記をお願い」

三人で職場の困りごとを思いつくままに挙げていくことにした。

最初に麗華が『はい』と手を挙げた。

「同じ職場の人の『匂い』って、困りませんか？」

その瞬間、私と幸人は同時に、自分の袖口辺りを鼻に近づけてクンクンと嗅いでしまった。

「体臭は仕方ないと思うんですけど、女性の強めの香水とか、オジサンたちのきついポマードとか、ヘアトニックとか。デスクでお弁当食べる時、食欲なくなっちゃうんですよね」

「なるほど。些末的なことだけど、あるかもね、それ。オッケー。採用！」

やった！　と小さくガッツポーズをした麗華が、自分のPCに決定した内容をインプットしていく。

「あ、じゃあ、はい！」

今度は幸人が手を挙げて発言する。

「上司や同僚が苦手、っていうのはどうでしょう？」

「苦手って、どういう意味？　ちょっとアバウトすぎない？　上司や同僚によるパワハラとか、セクハラとか、そういうこと？」

私が注文をつけると、幸人は、

「全て含めてです。苦手な相手の名前と具体的にどういうところが苦手なのかを記入できる欄をつくればいいんじゃないかと」

と、心なしか堂々としている。

「なるほど。秘密厳守。絶対、よそへ漏らさないっていうことを全面に押し出せば、それも可能ね。オッケー。それも採用」

そうやって相談室主導のアンケートを実施するための企画書と、大まかな質問を載せたサンプルを三時間ほどでつくりあげた。

——これでヨシ。完璧だわ。

2

間もなく昼の休憩時間が終わり、相談室を統括する重役が現れるという頃になって、

「じゃ、今日は早退するので、あとはよろしくお願いします」

と室長の梶原がやおら立ちあがった。

「「「「は？」」」」

そこにいる全員が同時に梶原の言葉を聞き返した。

「いいんですか？　私たちだけで常務の対応しちゃって」

「人間ドック、二カ月も前から予約いれてるんですよ？　今日の朝、重役が来るって言われても対応できませんよ」

梶原はそう言い残し、相談室を出て行った。恐ろしいほどマイペースだ。既に定年前で出世を諦めているせいだろうが、ここまで上にへつらわない態度はいっそ清々しい。

——まあ、居ても居なくても一緒だけどね。

梶原の背中を見送った向井が、

「じゃあ、俺も帰ろっかなー」

と、言い出す。すると今度は幸人が立ちあがった。

「ダメですよ、向井さん！　僕が説明するんですよ？　頼りないと思いませんか？　法律

的なところを突っ込まれたら、どうしたらいいんですか！」

幸人が自虐的なセリフを真剣に言って向井を引き止める。

「ま……、まぁ……な。わかったよ」

向井は考え直したように、再び椅子に座り直す。

結果、梶原以外、全員が同席することになった。

それからしばらくして、コツコツとドアをノックする音がして、上背のある年配の男が入室してきた。

「総務の宮田部長から連絡があったと思いますが、今期からこちらを統括することになった澄川です」

幸人とは似ても似つかない威厳のある風貌。中東に赴任していた男性社員の例にもれず、日焼けした肌に口髭を生やしている。戦国武将のイメージそのままだ。

――本当にこれが澄川幸人の父親？

我が目を疑っている内に、澄川常務は勝手に部屋の奥へと進み、応接用のソファに腰を下ろした。当たり前のように。

「うん？　室長の梶原君は？」

背筋をピンと伸ばした澄川常務が室内を見回した。

「申し訳ありません。梶原室長は所用があって外出いたしました」

上司の体面を保つために私が嘘を言うと、澄川常務は、なんだ、と露骨に残念そうな顔をした。

——あのネット男に会えないことで、重役が失望の表情を見せるなんて、なぜ？

その反応を意外に思いながらも、私は、

「僭越ながら本日は私のほうからお悩み相談室の活動についてご説明させていただきます」

と、すぐに名刺を出し、名乗った。

「申し遅れました、主任の松坂と申します」

「ああ。君が営業からきたという……。そうですか」

異動の経緯を知っているらしい澄川常務のその言い方からは、私に対する期待も失望もなにも感じられない。むしろその飄々とした態度に緊張する。

他のメンバーはそれぞれのデスクで、こちらの様子を見守っていた。

「では、相談室の構成と役割についてご説明いたします」

澄川常務の向かいに座り、出来立ての資料をセンターテーブルに置く。

「まず、メンバーと分担についてですが……」

こちらの説明を小さく頷きながら聞く態度には隙がない。どこに興味があり、どの説明を不要と思っているのか、おくびにも出さない。もっともプレゼンしにくい相手だ。

「続きまして、検討中の企画について、相談室の澄川のほうからご説明させて頂きます」

そう言った時だけ、澄川常務の顔に変化が生まれた。意外そうな表情を浮かべたのだ。

――微妙だ。我が子がプレゼンをするということにだけ反応を示した。獅子は我が子を千尋の谷に落とすという。やはり厳しく評価するのだろうか。それとも……。

私の不安をよそに、幸人が拡大コピーした企画書をホワイトボードに貼る。

「で、で、では……。アアアアンケートについて……」

完全にテンパって、説明をかみまくっている。それでも、微笑ましいものでも見るような目で幸人を見つめている澄川常務。

「ちょっと、失礼します」

私は幸人を引っ張って相談室の外へ出た。そして、ドアが閉まるのと同時に幸人の胸倉を摑んだ。

「ねえ、私に恥をかかせる気なの？」

「そ、そ、そんなつもりは……」

「あんた、私の代わりに説明してるのよ？　この松坂紫音の部下がそんなヘナチョコでどうすんのよッ！」

「しゅ、主任……」

私の叱責に幸人が泣きそうな顔になった。

「は？」

私に怒鳴られたぐらいで涙ぐむ意味がわからない。

「嬉しいです。主任に部下だって言ってもらえて」

「え？あの、えっと……」

――認めたわけではない。成り行きで、うっかり口から出ただけだ。

「僕、がんばります！　見ててください！」

相談室に戻った幸人は、父親である常務に、

「失礼しました。続けさせて頂きます」

と小さく頭を下げてプレゼンを再開した。

そこからは人が変わったように堂々とした態度に変わった。

もちろん企画書自体が完璧なので、普通に読むだけでも説得力があるのは当然なのだが、幸人の声は意外なほどに心地よく、補足説明も的を射てタイミングがいい。

――やれば出来るんじゃん。

私はひとり、悦に入った。

ところが、幸人のプレゼンが調子よく進むに従って、澄川常務の顔は徐々に複雑な思いを表すような、それになる。

私にしてみれば、使えない駄馬にしては意外なほどよく走った、という感想なのだが、ふだんの彼の仕事ぶりを知らない父親はもっと上を期待していたのだろうか……。

「わかりました。そちらの企画、進めてもらって結構です」

なにが気に入らないのか、むっつりとした顔のままそれだけ言って、澄川常務は相談室を出て行った。

「やったね！」

田口と麗華がグータッチ。

だが、私は澄川常務の無表情さが気になり、退室した重役の後を追った。

エレベーターホールまできた澄川常務は、不意にうつむき、目頭を押さえていた。

「幸人……。立派になって……」

その呟きと嗚咽に脱力した。

――超親バカ……。

声をかける気も失せて相談室に引き返した。

「ユキト、プレゼンうまくいったのに、なんだか嬉しくないみたいね」

相談室に戻ると、麗華が不思議そうに尋ねているところだった。

「僕はあんまり目立っちゃいけないんです」

「え？　どうして？」

「ウチの両親はどっちも愛知県の出身なんです。まだ両家とも本家はあっちにあって、年に何度か親戚で集まったりするような旧家なんですが……」

なんだろう。これからお坊ちゃま自慢でもはじまるのだろうか、と思いながらも聞き耳をたててしまう。

「深沢さん、中部地方の旧家で次男坊のこと、なんて呼ぶか知ってます？」

「さ、さあ……？」

　実は私も麗華同様、心の中で首を傾げていた。幸人ごときの出す問題に答えられない自分が腹立たしいが、日本の伝統や地方の伝承は私が最も苦手とするジャンルだ。

「愛知県では次男のことを『御控え様』って言うんです」

「は？　『控え』って、先発がダメだった時に中継ぎで出てくるピッチャーのこと？」

「そうです。ピッチャーに限りませんけど、いわゆる、『補欠』とか『次点』とか『予備』とか、そんな感じの言葉です。地元では『控え』が『総領』つまり長男よりも目立ったり、抜きん出たりしてはいけないんです。家が傾くんです」

「えー？　今どき？」

「はい。もともとそういう土地柄で。その上、父も祖父も武将系の性格なので、上下関係には厳しいんです。しかも、僕の兄はかなりの『のんびり屋さん』でして、勉強やスポーツで兄を越えないようにするのも結構、大変でした」

　幸人が寂しげな顔をする。

　私から見れば『相当なゆとり』に見える幸人が『のんびり屋さん』と呼ぶぐらいなのだから、兄は『壮絶なゆとり』なのだろう。そんな兄に遠慮して、使えないサラブレッドのふりをしてきたとでも言うのだろうか……。

　思わず、吹き出し、爆笑してしまった。

「あはははは。バカみたい。先に生まれただけじゃないの。くっだらない！」

　私が堪えきれずに笑い飛ばすと、麗華と田口が同時に私を睨んだ。

が、それまで憂鬱そうだった幸人は、「僕、主任のそういうところが大好きなんです」と破顔一笑した。

「は？」

「過去から連綿と引き継がれ、守られてきた日本の文化や伝統や因習を、そうやってバッサリ斬り捨てちゃうところが」

「…………」

そこがマッカーサーだと呼ばれる所以《ゆえん》らしいのだが。

「とにかく。もう使えないふりなんてしなくていいから。むしろ迷惑だから」

励ますつもりで言ったのだが、幸人は困ったように笑う。

「いや、ふりじゃなくて、今はもうこれが自然体なんです。ずっと脱力系キャラやってきたせいか、さっきみたいに頑張るのはかなりストレスを感じます。死にそうでした」

幸人が弱々しく自分の左胸に手をやる。

「はあ？　あれぐらいで？　それに、仕事って、大なり小なりストレスを感じながらやるものだと思うんだけど」

「大変ですよねえ」

あたかも自分は会社員ではないと言わんばかりの、他人事《ひとごと》であるかのような口ぶり。

――もうちょっとでいいから無理しろよ。

そう言いたかったが、田口に怒られそうなので、今日はやめておいた。

3

その日の夕方にはアンケートのたたき台が出来上がった。

「最後に問題なのが、記名にするか無記名にするかってことなのよね」

私が呟くと、帰り支度をはじめた向井が口を開いた。

「記名にすると思いきったことは書きにくくなるだろ。いくら秘密厳守だって言っても、相談室の人間にはわかってしまうわけだし」

それを聞いた田口は腕組みをして首をひねった。

「かと言って、記名がないと事例を集めるだけになっちゃいますしねえ。その後の我々の対応も、こういう悩みの人はこうしてください、みたいなステレオタイプの対症療法になってしまう」

幸人はみんなの意見を聞いて、ウンウンと頷いてから口を閉じた。

「無記名だとプライバシーは守られますが、他人への中傷とか、無責任に書きやすくなっちゃいますよね」

「そうね。その点、記名があれば、その人から直接、具体的な聞き取りが出来るし、その本人のためのオーダーメイド的なアクションがとりやすい……」

すると、麗華が、「絶対、記名ですよ！」と根拠も述べずに主張する。

その後も色々な角度から話し合ったが、みんな意見はバラバラで、なかなか結論が出なかった。かと言って、センシティブな部分だから私が勝手に決めるわけにもいかない。

「じゃ、明日、梶原室長に相談してみましょう」

私がそう言ったのと同時に、相談室のドアが開き、梶原が入って来た。

「あれ？　梶原室長、人間ドック、もう終わったんですか？」

麗華が私の気持ちを代弁するように尋ねる。

「予約、来週だったみたいです」

面目なさそうに白髪頭を掻く梶原。

「あはは。室長ってば、間抜けだけど可愛い」

部下に間抜けと言われ、頬を染めている梶原。……どうかしている。

自分の勘違いで役員対応をおろそかにする管理職。いくら上昇志向がないと言っても、潔すぎる。

常務への提案書を眺めていた幸人が、

「梶原室長。今、みんなでアンケートについて話し合っていたのですが、これって、記名にすべきでしょうか、それとも無記名がいいでしょうか」

と、判断を仰いだ。

どうせ、『よきにはからえ』的な返事しか返ってこないだろうと思っていたのだが、意外な回答が戻ってきた。

「両方」

「は？」とそこにいた全員が聞き返す。

「書きたい人はフルネームを書いて、書きたくない人は無記名もＯＫってことにしたらいいんじゃないかな？」

思わず、麗華がこっそり頭フル回転スムージーを差し入れしたんじゃないかと思うほど、素晴らしいアイデアだ。

幸人が感心したように唸った。

「なるほど。名前を書くぐらいなら回答したくないっていう人もいるだろうし、逆に記名してまで悩みを書きたい人はそれだけ切羽詰まっているということになりますね。記名があるアンケートは内容にも信憑性がある……」

「わかった。じゃあ、梶原室長の案を採用し、記名については二本立てでいきます」

私が結論を述べると、全員が拍手をした。

私たちの称賛などどうでもいいように自分の席に座る梶原が、だんだんタダ者ではないような気がしてきた。

私はふと、梶原が不在だと知った時の澄川常務の様子を思い出した。

「あの……梶原室長は澄川常務と親しい間柄なんですか？　室長が不在だと告げたら、常務がとても残念そうな顔をされて」

すると、一瞬、言葉に詰まるような顔をした梶原が、

「多分、この前、マージャンで負けたカネを返そうと思ったんじゃないかな？」

と、軽く笑う。が、そんな話は到底、信じられない。あの武将みたいな澄川常務が梶原とマージャンをやっているシーンはどうやっても想像がつかないからだ。

――なにか隠してるな……。

相談室へ左遷させられて一カ月あまり。初めて、梶原を怪しいと思った。

4

翌週、アンケートの草案が完成した。

ネットワークを使えば集計は楽なのだが、ログインのためには社員コードが必要なため、入力した個人が特定されてしまう。それは記名を希望しない社員の意思に反する。

結果、大量のアンケートをコピーし、封筒に入れて配布することになった。

「主任！　このアンケートが承認されたら私がコピーしていいですか？」

と、麗華が身を乗り出すようにして尋ねた。

「別にいいけど……」

私の許可に、やった、と顔をほころばせる麗華。このところ、彼女はとても前向きだ。美容に割く時間も徐々に減ってきている。

そうして、その日のうちにアンケートが刷り上がった。

「さ。一枚ずつ封筒に入れるわよ」

私が出来たてのアンケートをデスクの上に積み上げると、相談室のメンバーが「おおっ」と声を上げる。

「なんか、楽しいですね」

と言いながら、麗華の美しい指先がアンケート用紙を折りたたんでいく。

封入作業が終わる頃には、時計の針が午後八時を指していた。

「じゃあ、今日はここまでにして、明日、自分たちの手で社員ひとりひとりに配るわよ」

私の指示でその日は解散した。

翌日、梶原を除くメンバーで全社員に配布することにした。手分けをして各部署へ行き、手渡しで封筒を配る。

「アンケートにご協力くださ〜い」

「回収は一週間後でーす」

営業部へ赴いた幸人と麗華の様子を私は物陰から見守った。さすがに、私自身がお悩み相談室の書類を古巣の営業部で手配りすることには抵抗があり、プライドが許さなかったからだ。

――もらったほうだってビビるだろうし……。

その点、麗華や幸人の笑顔は好感度が高いらしく、皆、素直に受け取っている。男子社員の目は麗華に釘づけだ。女子の中には幸人のお坊ちゃまスマイルに見惚れている者もいる。

――ま、ふたりとも見た目だけ、だけどね。

順調に配布が進んでいるのを確認し、私は先に相談室へ戻った。

すると、麗華から三十分ほど遅れて戻ってきた幸人が社員たちの反応を口にした。

「みんな快く受け取ってくれたんですけど、『へえ、相談室ってこういう活動もするんだ』とか『ほんとに個人情報、保護してくれるの？』とか『どうせ、聞くだけ聞いて、解決できないんでしょ？』とか『こういうアンケート、待ってたんだよね』とか『手書きかよ。面倒くせえな』とか、色々言われました」

賛否両論あるらしいが、アンケート自体に対する社員たちの生の声が聞けたようだ。自分たちの手で配り、回収することにしたのは正解だった、と自画自賛する。

が、麗華はキョトンとしている。

「そうなの？　私、なにも言われませんでしたよ？　みんな、『ありがとう』って笑顔で受け取ってくれました」

「えー？　そうなんですかあ？」

幸人が不服そうに唇を尖らせる。すると、田口がおっとりとフォローした。

「きっと、澄川君のほうがハードルが低くて色々言いやすかったんでしょうね。いや、いい意味でね？」

その『いい意味』がわからないが、幸人は「そっかあ、僕、いい意味でハードルが低いのかあ」と満足そうだ。

午後になって麗華が、

「はい。これは皆さんのです」

と、封筒を配りはじめた。

「え？　私たちもやるの？」

正直、この部署の人間にそれほど重大な悩みがあるとは思えない。

「当然じゃないですか！　相談室の人たちだって立派な正社員なんですから！　絶対に全員参加です！」

「ま、まあね……」

麗華の勢いにおされ、黙る。が、たった今、全員参加と言ったはずの麗華が、

「あ。梶原室長も書きます？」

と、上司にはどっちでもいいような聞き方をした。すると、梶原が苦笑する。

「もちろんです。私にだって、山のように悩みがあるんですから」

そのやりとりにそこにいる全員が、へえ……、と意外そうに呟いた。

その日の終業後、アンケート用紙の上にペンを走らせていた幸人が、あれ？　と声を上

げた。

「このアンケート、裏面とか、ありました？」

「いえ、A3縦書きで、表だけよ。あれ？　ほんとだ。裏メニューって書いてある」

　幸人のアンケート用紙をのぞきこむと、確かに裏面にも質問事項がある。

「は？　社内に気になる異性がいますか、いると答えた方、それは誰ですか？　はあ？」

　そんな設問をした覚えはない。

「僕が気になってる異性は主任に決まってるじゃないですか。そんなの直接、僕に聞いてくださいよー」

　照れたように頬を上気させる幸人。

「バ、バカ！　私がそんなこと澄川君に聞くわけないでしょ！　ていうか、私がこんな質問、載せるわけないじゃないの！」

　そう言い返すと幸人は、ですよね、と力なく笑った後で、すぐに立ち直り、ワクワクしているような顔でアンケートを眺める。

「でも、裏メニュー、面白いな。ほら、あなたにとって理想の上司とは？　とかもありますよ。なんだか雑誌の芸能人ランキングみたいですね。抱かれたい男とかないのかな」

「あるわけないでしょ。会社のアンケートの中に『抱かれる』なんてワードが飛び出してきたりしたら異常事態よ！」

「ですよね。けど、誰がこんなイタズラしたんでしょうか」

幸人は考え込んでいるが、こんな裏メニューを差し込むことができたのは、最後に梶原が承認した原稿を受け取ってコピーした麗華しかいない。

「深沢さん、ちょっと」

私たちの会話を聞いているのかいないのか、鼻歌まじりに髪の毛をブラッシングしている麗華を廊下に呼び出した。

「どんな魂胆があってのことか知らないけど、こんなふざけたアンケートを社内に配布してどういうつもり？」

「え？　ふざけたアンケート？」

キョトンとしている麗華にアンケートの裏面を突き付けた。

「これ、あなたでしょ？」

私の怒りがまだ理解できない様子で、麗華は長い睫毛を伏せ、紙面を見つめる。

「え？　なにこれ？　面白ーい。でも、私じゃありません」

「は？　あなた以外に誰がこんなことするの？」

「誰がやったのかは知りませんよ。でも、私じゃありません」

だが、コピーをしたのは麗華だ。

「正直に言いなさい」

「私じゃありません。私がコピーした時には表しかありませんでした」

しらを切り続ける麗華を睨んでいると、彼女の大きな目から涙がこぼれた。

——え？　泣かなくても……。

言われてみれば私がアンケートを封筒に入れるのを手伝った時も、裏は白紙だった。

——じゃあ、一体誰が……。

首を傾げた瞬間、麗華が涙ながらに叫んだ。

「私、チャラチャラしてるように見えるかも知れませんけど、これでも一生懸命やってるんです！　信じてもらえないんなら、もういいです!!」

「あ！　ふ、深沢さん！」

涙を拭い、クルリと背を向けて廊下を走っていく麗華。その髪の毛には丸いピンク色のカーラーが十個ぐらい巻かれ、揺れている。

——やっぱりチャラチャラしてるようにしか見えないんだけど……。

追いかける気にもなれず、相談室に戻って梶原に訴えた。

「梶原室長。アンケートの裏面におかしな設問が紛れ込んでしまいました。回収させてください」

「裏面？」

と聞き返しながらも、相変わらずモニターから顔を上げようともしない。

「ええ。気になる人とか理想の上司とか、ふざけた質問ばかりで」

するとなぜか室長の顔が曇った。

「その質問、ふざけてますか？」

「そりゃそうでしょう。学校や会社の裏アカでやるアンケートじゃあるまいし」

「そうですか。ふざけてましたか。すみません。あれ、私が差し込んで、入れ替えたんです」

「は？」

「ちょっと柔らかめのアンケートもないと退屈かと思いまして」

「は？　柔らかめ？」

「ビジネスライクな質問の後に、ちょっと砕けた質問があると本音が出たりしますからね。それに異性から人気のある上司は出世するというデータもありますから、参考にと」

「嘘……。大量の両面コピーをして、封筒に入れたものを、わざわざ全部出してまた入れ直したんですか？」

「そうですが、なにか？」

どうして普段、まったく仕事をしない上司が、こんな時だけよけいなことをするのか。意味がわからない。

「やってしまった……」

――ヤバい。麗華に濡れ衣を着せてしまった。この惚《とぼ》けたネット上司のせいで。

麗華の涙が思い出され、さすがに胸が痛む。

私は急いで相談室を出て、麗華を捜した。

「深沢さーん！　深沢さーん！」

会社中を捜し回ったが、麗華は見つからなかった。

私は麗華を発見できないまま相談室に戻り、幸人に事情を説明した。

「マジっすか……。帰宅したんじゃないですか？　傷ついて」

幸人がサラリと言う。

「可哀想に……」

田口もしんみりと零す。誰も私を責めるようなことは言わないが、麗華に同情しているのは明らかだ。

「まー。誰にでもミスはあるよな」

フォローするかのように寝たきり弁護士が起き上がって発言するが、逆に腹立たしい。

——あんたはノーヒット、ノーエラー。なにもしないからミスがないだけじゃないの！

そう言いたい気持ちを飲み込む。今は言い返せる状況ではない。今回ばかりは私に非がある。

——明日、深沢さんに謝まろう。マッカーサーのように潔く。

5

翌日、なんと言って麗華に謝ろうかと考えながら出勤したのだが……。

「深沢さん。遅いですねえ。いつもなら、とっくに来てる時間なのに……」

と田口が表情を翳《かげ》らせる。

「これまでも遅刻や欠勤はちょくちょくありましたけど、必ず僕にラインで連絡が来てたんですよ。『室長にお休みするって言っといてー』って感じで」

「は？」

ラインで同僚に欠勤連絡をして上司に伝えさせるなんてナメてるとしか思えないが……。

「今日はそのライン連絡すらないわけね……」

さすがに心配になった。

「電話も圏外ですね」

スマホを耳に当てた幸人が首を振る。

重苦しい空気に耐え切れず、思わず立ちあがった。

「私、彼女のマンションに行ってみるわ」

「あ。僕、住所知ってるので一緒に行きます！」

と申し出た幸人を連れ、会社を出た。

幸人の案内で、銀座の外れにある住宅地に着いた。

「確か、この辺りです。前に懇親会で酔っ払った深沢さんを送ってきたことがあるんです」

目の前にはレンガづくりの瀟洒なマンション。いかにも麗華が住んでいそうな場所だ。

「行くわよ」

薔薇が咲いている中庭に足を踏み入れようとした時、

「そっちじゃなくてこっちですよ？」

と、幸人が笑う。

「え？　まさか……」

その高級そうなマンションのせいですっかり日陰になっている角地に、さびれたアパートがポツンと建っている。

「こ、ここ？」

麗華の外見には似つかわしくない昭和初期を思わせるようなボロアパートだ。

「深沢さん。ご両親が病弱なんです。弟さんと妹さんがまだ小さくて仕送りしてて……」

「そ、そうなの？　そんな風に見えないけど……」

「という設定で、ここに住んでるらしいです」

「は？　設定？」

「そういう可哀想な話に弱い男性が多いそうです」

「…………」

――あざとい。あざとすぎる。

麗華という人間がよくわからなくなったが、今は彼女を見つけることが先決だ。

私は幸人の後ろについて、錆びた鉄の階段を上がった。

「ここです」

階段を上がってすぐの部屋。そのドアの横に貼られたプレートに『ふかざわ』とある。

「深沢さん、松坂です」

何度かノックして声を掛けたが、応答がない。

「深沢さーん！　澄川ですよー」

どんどんどん、とドアを叩きながら幸人が呼んでも返事はない。

「深沢さん、本当は中に居て、ガムテープで口を塞がれて縛られてるとか……」

自分の想像に憔悴した様子で、心配そうな目で私を見る幸人。

「バカ。サスペンスドラマの見すぎよ」

笑い飛ばしたものの、私もなんとなく不安になり、

「やっぱり、念のため、中を確認しましょう」

大家さんに頼んで部屋の鍵を開けてもらったが……。

――やっぱり誰もいない。

中は六畳のワンルームの和室だった。ガランとしていて生活感がない。オシャレな服も美容グッズもなにもない。

――ほんとにここで、深沢さんが暮らしてるんだろうか。

そんな疑問に答えるように、ここを管理している老人は、

「一昨日の夕方、家賃を持ってきてくれたから、来月いっぱいはここに住むつもりだと思うんだけどねえ。無断欠勤ねえ。なにかあったのかねえ。可愛い子だから心配だねえ」

と問わず語りに呟く。

すると幸人が、また恐ろしい想像をしたように青ざめた顔で口を開く。

「手足を縛られて押し入れに閉じ込められてるとか」

「だから、あんたはサスペンスドラマの見すぎだって」

とは言いつつも、恐る恐るトイレや押し入れを開けてみたが麗華の姿はない。

「どうします？　警察に失踪届けとか出します？」

幸人はもう泣きそうな顔をしている。

「子供なら今すぐ出すべきだと思うけど、ふだんからラインで欠勤を連絡するような大人よ？　一日無断欠勤したぐらいで警察が動いてくれるとは思えないわ」

その時はまだ、明日になれば麗華がひょっこり相談室に現れるような気がしていた。

6

ところが、翌日も麗華は出社しなかった。

さすがに動揺し、相談室に響く電話の音にもドキンと左胸が音を立てる。

「は、はい。お悩み相談室、松坂です」

不安を押し鎮めながら朝一番の相談に対応した。

『人事部の者なんですけど……。二階の女子トイレに幽霊が出るんです』

「は？」

『ほんとなんです』

「………………」

こっちは同僚が失踪してそれどころじゃないというのに、こんな大変な時にこんなくだらない相談をしてくるなんて。受話器を投げつけたい衝動に駆られる。

それなのに、電話の相手は更に声を震わせながら恐怖を訴えてくる。

『夜の七時を回ると女の泣き声が聞こえるんです。これから給与計算の時期に入るので残業も増えるし、怖くて怖くて……』

「あのね、よく聞いてくださいよ？　怖い怖いと思うからなんでも幽霊に見えるんです。怖いと思うから、ただの物音が泣き声に聞こえるんです」

言い聞かせたが、相談者は必死で食い下がってきた。

『ほんとなんです！　信じてください！　幽霊の声、何人も聞いてるんです！』

「そう言われても……」

そんなこと取り合っていられない、という気持ちが伝わったのか、受話器の向こうから相手の溜め息が聞こえた。

『深沢さんが、今の相談室は解決能力あるから、どんどん相談してね、って言ってたから連絡したのに……』

「え？　深沢さん？」

どうしてそこで麗華の名前が出てくるのかわからない。

『私、彼女と同期で、先週、久しぶりにお茶したんです。その時、深沢さんが、ウチに新しい主任が来て相談室は生まれ変わったみたいに活気があるの。本当に頼りがいがある上司なの、って楽しそうに言ってたんです』

「……………」

そんな話を聞かされるとますます麗華に対する罪悪感が募り、言葉に詰まった。

『そうだ！　その主任さんに代わってください！　その人に相談させてください』

「えっと……」

今さら自分が麗華の言っていた『頼りがいのある主任』だなんて言えない。

「わかりました。主任は今、外出中なので私が今から行きます。そのトイレに案内してください」

『え？　ホントですか？　ありがとうございます！』

これまでで一番どうでもいいような仕事だが、仕方ない。

「澄川君。行くよ」

「はい！　お供します！　で、どちらへ？」

犬のように元気に立ちあがった幸人に相談内容を説明した。

「人事部のあるフロアの女子トイレに幽霊が出るそうよ。確認に行きましょう」

「え？　幽霊？」

オウム返しに聞き返した幸人の顔が引きつった。

「そう。泣き声がするんだって」

「マ、マジで……？」

幸人は急に足が力を失ったかのように、ガタンと椅子に腰を落とした。

「澄川君。まさか、信じてるの？　心霊現象とか」

「ま、まさか。ゆ、ゆ、ゆ、幽霊なんて、い、い、いるわけないじゃないですか」

口ではその存在を否定しながらも、明らかに動揺し、顔色は見る見る青白くなっていく。

そして、突然、その血色を失った顔が歪んだ。

「イタ……。イタタタタ……。す、すみません……。お、お腹が痛い……」

それは仮病ではなく、幽霊に対する恐怖心と極度の緊張が起こした腹痛のように見えた。

「ト、トイレ……」

幸人は切羽詰まった様子で腹をおさえ、相談室を飛び出した。

――やれやれ。

他に同行してくれそうな人材を求め、田口に目をやった。

「田口先生。恐怖心が引き起こす幻聴や幻覚って、心理学的に解明されてるんですよね？」

「そ、そ、そ、そのとおりです」

私の理論を肯定しながらも、かなりの動揺を見せている。

「た、ただ、この会社には言い伝えがありまして……」

「言い伝え？」

「昔から二階の女子トイレには奈々子《ななこ》さんという名前の幽霊が出るそうです」

「奈々子？　花子じゃなくて？」

「言い伝えによると、昔、失恋した女子社員がトイレで自殺したらしく……」

「そんな話、聞いたことないけど？」

「多分、二十年ぐらい前の話じゃないかと……」

「このビル、竣工して十年ぐらいしか経ってないと思うけど」

「…………」

一瞬、言葉に詰まった田口が泣きそうな顔になって訴えた。

「り、理論的にはわかってるんです！　でも、トイレの花子さんの映画を見て以来、ダメなんですよお。そういう系統の話は」

——小学生か、っちゅうの。

仕方なく、寝ている向井を叩き起こし、「ほら、行くよ」とネクタイを引っ張って、二階にある人事部へ赴いた。向井は寝ぼけ眼のままフラフラついてくる。どうやら、私たちの話も聞いてなかったようだ。

人事部の受付で二十代半ばと思《おぼ》しき女性がふたり待っていた。

「お悩み相談室の松坂と向井です」

簡単に自己紹介をすると、ふたりも自分たちの名前を言った。

「私が電話した川口《かわぐち》です」

「私、川口さんの同僚で、一緒に幽霊の声を聞いた鈴木《すずき》です」

それぞれが名乗った後、ふたりは声を揃えて、

「『私たち、いつも一緒にトイレに行くんです』」

と言う。お笑いコンビのようにピッタリと息が合っていた。

それまで寝ぼけ眼だった向井も、ふたりの声で目が覚めたらしく、

「えっと……それで、どんな相談だっけ？」

と、ようやく仕事モードに入った。

端正なルックスの上に、襟には弁護士バッジを光らせている。そのせいか、彼が話しかけただけで相談者のふたりが軽く色めき立つのがわかった。——ただの嘘つきなんだけどね。

「えっとお。昨日も業務が終わって、帰りがけ留美と一緒にトイレに行ったんです。そしたら、女の人の泣き声が……」

鈴木と名乗ったほうの女子社員が説明した。

「マ、マジか……」

見上げると、向井の顔が硬直し、蒼白になっている。

――そう言えば、眠り姫事件の時、血を見て気絶しそうになってたっけ。

「あ。悪い。俺、今日はこの後、法務局へ……」

戦線を離脱しようとする向井のネクタイを摑んで逃がさず、笑みを浮かべてふたりに頼む。

「とりあえず、現場へ案内してください」

散歩を拒む犬のようになっている向井を引きずり、人事部のふたりに従って女子トイレへと向かった。

「ここです」

休憩時間のせいか、中は女子社員であふれている。

個室が空くのを待つ者、手を洗う者、化粧を直す者、歯を磨く者……。さほど広くないトイレに十数名の女子がいる。

「みんな平気そうだけど?」

「昼間、幽霊の声を聞いた人はいなくて。聞いたって人たちは、みんな残業してる時なんです。だから昼間は平気だっていう噂も流れてて。それでも、一番奥の個室に入る人はいません」

実際に幽霊の泣き声を聞いたという川口と鈴木は、昼間の大盛況のトイレの入り口にいても、怯えるような顔。

「このトイレ、定時まではいつもこんな感じで混んでるの？」

「そうですね。時間帯によりますけど、人事や経理部のあるフロアは女性社員が多いので」

そう答える川口の隣で、一緒に幽霊の声を聞いたという鈴木もその時の恐怖を思い出しているのか、顔色を失っている。

――なるほどね。でも、こんなに満員御礼じゃあ、たとえ泣き声がしてたとしても聞こえないわね。

「わかりました。とりあえず、もう少し人がいなくなってから来ます」

「お願いします！　安心して使えるようにしてください！」

ふたりが頭を下げた。


午後二時過ぎ、女子トイレの混雑もひと段落しただろうと思い、もう一度、問題のトイレに行ってみた。

清掃のオバサンがひとり、黙々と鏡の前を拭いている。

「ちょっとお聞きしたいんですけど、清掃の時間って何時から何時までですか？」

小太りで愛嬌のあるオバサンは、

「朝の七時から夕方の四時までの間、定期的にやってるけど」

と、洗面台の拭き掃除を続けながら答えた。

「その間、不審な声を聞いたことはありませんか？　女性の泣き声みたいな」

「ないねえ」

即答だった。

「ただ、噂は聞いてるよ？　出るんだろ？　コレが」

オバサンは両手を胸の前にやって古典的な幽霊のジェスチャーをしてみせた。

「え、ええ……まぁ……」

「そのせいか知らないけど、一番奥のトイレは使う人が少なくて、ペーパーを替える手間がかからなくて助かるんだよ」

「なるほど」

相談者から聞いたとおり、やはり泣き声が聞こえるのは一番奥のトイレらしい。

「まー、私がいる時は出たことないけどね、コレは」

「わかりました。ありがとうございます」

やっぱり夜しか泣かないのか、女の幽霊……。

そう思うと少し背筋が冷える。

七時を回ってからもう一度出直すことにして相談室に戻ると、幸人が不安そうな顔で聞いてきた。

「あのお、深沢さんのことなんですけど……。捜索願い、どうしましょうか」

幽霊のことかと思いきや、麗華の話だった。もちろん、私自身、その件を忘れていたわけではない。

「無断欠勤、二日目か……」

自分のせいかも知れない、と思うと胸の奥がチクンと痛む。その反面、社会人にもなって、あれぐらいのことで連絡もなしに会社を休むなんて、という憤りも感じる。

「そ、それから、こんな時にアレなんですけど……。深沢さんの書きかけのアンケートを見つけました」

幸人がおずおずとOA用紙を差し出す。

「深沢さんの？」

手渡された用紙は丸っこい文字で丁寧に埋められていた。

「ほら、ここです」

幸人が指さした裏面には、

『理想の上司、松坂紫音。好きな同僚、松坂紫音。気になる人、松坂紫音……』

と書かれている。

それを見た瞬間、突然、胸がぎゅうううっと締め付けられ、条件反射のように目頭が熱くなった。そして、目から溢れた涙がポロリと頬を滑る感触。

――あれ？　私、なんで泣いてるんだろ……。

不思議に思った。こんなつまらないアンケートを見て涙を流してしまった自分を。

気がつけば、ぽかん、と私の顔を見ている幸人。彼も私がこんなことで涙を流すとは思っていなかったのだろう。呆然としている。

慌てて涙を拭い、

「バカみたい」

と、自分自身に吐き捨てながら、アンケートを冷たく幸人に突き返した。

「とにかく。深沢さんが明日も来なかったら警察に届けましょう」

まだ呆然としている幸人にできるだけ事務的な口調で言って彼の傍を離れた。そして、不覚にも、ぽろりと落ちてしまった涙はなかったことにして、そのまま自分の席についた。

が、それでもまだ、遠慮がちに私をチラチラ見ている幸人。その視線に気づかないふりをして、幽霊のことを頭の中で整理した。

昼間は聞こえない泣き声が夜になると聞こえる。しかも、奥の個室だけ。そして、会社には『奈々子さん伝説』がある。

——きっと、バカげた噂があるから、夜のトイレが怖いのよ。

その恐怖心のせいで、なにか別の音が泣き声に聞こえるのだろう。そうにちがいない。

冷静に分析し、どんな音が聞こえるのか、しっかり聞いてから、その正体を見極めるつもりでいた。ただ、相談室の男どもは全員が心霊現象に弱く、誰もあてに出来ない。

仕方なく、夜になるのを待ち、ひとりで女子トイレに向かった。

「あれ？」

人事部のある二階で降りようとした時、エレベーターの前で桜井と鉢合わせになった。

「紫音？」

彼も驚いたように私を見て、エレベーターホールに足を留める。

「こんなところで会うなんて珍しいわね」

「まあな」

実際、私が営業部に在籍した頃は、営業の人間が人事部に足を運ぶことなんてなかった。たいていの用事はメールや電話で済むし、よっぽどのことがあれば、人事の人間のほうから出向いてくる。『営業の人間は常に忙しい』という暗黙の共通認識みたいなものが社内にはあった。

「そっちは相談室の仕事か？」

「ええ、まあ……。あ、そうだ。桜井、今夜、付き合ってくれない？　朝まで」

「え？　今夜？　朝まで？」

一瞬、清純な乙女のように赤面し、睫毛をパチパチと瞬かせた桜井。が、すぐにハッとしたような顔になり、懐疑的な目で私を見る。

「いや。もう、その手には乗らないぞ。どうせまた、尾行か張り込みだろ」

「バレたか。そうなの。どうしても捕まえたいのよ」

「捕まえる？　なにを？」

「女子トイレの幽霊」

「は？」

知的な顔がポカンと脱力する様子はちょっと笑える。

「だから、朝まで張り込み、付き合ってよ。ウチの部署、全員が心霊現象苦手でさあ。誰もついて来そうにないのよ。ひとりでトイレの中で待ってるなんて、幽霊が出るまで退屈でしょ」

「…………。相変わらず鋼鉄のハートだな」

桜井は引きつった笑顔を見せた後、「仕事が終わって、まだ余力があったらな」と言い残してエレベーターに乗り込んで行った。

——なによ、エラそうに。というか、アイツ、こんなところでなにしてたんだろ。

なんとなく辺りを見回すと、帰り支度をした数名の女子社員がこっちをチラチラ見ている。もともと社内では人気のある男だ。

——経理部にカノジョでも出来たのかしら。

そんなことを考えながら、さざめく乙女たちを見ていた。

7

——ヒマ……。

女子トイレにあったバケツをひっくり返し、その上に腰を下ろしてから一時間。

七時半になっても泣き声なんて聞こえない。幽霊も相手を見て出てくるのだろうか。

こうしてなにもせず、ひとりでいると、麗華と言い争った時のことばかりが思い起こされ、憂鬱になる。

——明日も来なかったら、ご家族に連絡しなきゃ……。それから警察か……。リッチな男とハワイにでも行ってくれてればいいんだけど。

そんなことを考えていると、「おーい」とドアの向こうから男の声がした。桜井の声だ。

「やっと来たか」

文句を言いながらバケツから腰を上げてドアを開ける。

「遅い！」

「やっぱり、俺がここに入るのはマズくないか？」

桜井は女子トイレに足を踏み入れることを躊躇している。

「そう言えばそうよね」

私はそこにあった『清掃中』と書かれている脚立をトイレの入り口の前に立てた。

「これでいいでしょ。誰も入って来ないわ」

桜井を引っ張り込み、私が座っていたバケツの前にもうひとつバケツを引っくり返して置いた。

「ほら、座って。マジで退屈だった」

「こ、ここに座って朝まで待つのか？」

「幽霊が出るまで」

「ていうか、出たらどーすんだよ」

「捕まえて『二度と泣きません』って誓わせる」

「………………」

青ざめ、女のように手で口許を押さえる桜井。

「ていうか、幽霊なんて存在するわけないでしょ。誰かの悪戯に決まってるわ。それを証明するのよ」

それでようやく落ち着いた様子を見せた桜井がトイレの中を見回しながら、

「そういうところは相変わらずだけど、お前、ちょっとだけ変わったよな、相談室へ異動してから」

と独り言のように呟く。

「そう？　どこが？」

「なんていうか、ちょっと人間的になったっていうか」

「は？　じゃあ、あんた、人間的じゃないって思いながら、私に好意を寄せてたの？」

桜井がハハハと笑う声がトイレに響いた。その反響が終わらない内に、なにかが聞こえた。

「しっ……！」

私が唇の前に人差し指を立てると、桜井がギョッとしたように身を縮める。

「なにか聞こえない？」

トイレの隅のほうで、ううう、という嗚咽のようなものが聞こえる。

「…………！」

無言で聞き耳を立てていた桜井が、ギョッとしたような顔をして奥の個室に目をやる。

私たちはどちらからともなく目くばせをして、同時に立ち上がり、両側に四つずつ個室が並ぶ細い通路を進んだ。その間も嗚咽とシクシクシクシクとすすり泣くような声が続いている。

耳を澄ませて声の発信源を求め、一番奥の個室の前まで来た。

「開けるわよ？」

「お、おう」

私が声を掛けると、桜井は緊張した顔で頷く。

スライド式の取っ手に青い『空室』の表示が出ていることを確認し、一気にドアを引いた。

――嘘……。誰も居ない……。

それなのに、泣き声は続いている。

『助けて……助けて……』

誰もいない個室。それなのに若い女の声がはっきりと聞こえ、さすがに膝が砕けそうになった。

「これって……」

振り返ると、桜井がいない。

――女を置いて逃げたな。クソヤロウ。

私だって逃げ出したい。

――いや。しっかりするのよ、紫音。怖い怖いと思うから怖いのよ！　絶対に女の声なんかじゃない！　落ち着いて見極めるのよ！

自分を叱咤し、敢えて泣き声に耳を澄ませた。

『助けて……』

やはり、今にも消えいりそうな細い声。明らかに物音ではなかった。

全身に鳥肌が立つのを感じながらも、その声がどこから聞こえてくるのか耳で追う。

『出して……』

――まさか、自殺した奈々子とかいう女子社員が地縛霊になってここから離れられないんじゃ……。いや、この世にお化けなんかいない、絶対に。

自分の想像にゾッとしながらも、ブルブルと頭を振って冷静になろうとしていた時、

「主任！　助けに来ました！　大丈夫ですか！」

と、トイレの外からいつになく男らしい幸人の声がする。

「幽霊はここよ！」

ドアに向かって叫んだが、幸人がトイレに入ってくる気配はない。

——まさか、結界とか金縛りとかにあってるんじゃ……。

入り口に戻って力まかせに女子トイレのドアを開けると、桜井と幸人、そして向井に田口までが立っている。全員、怖気づいた顔で、かなり遠巻きに。

「なにが『助けに来た』よ！　そんな遠くにいてどうすんのよ！　入りなさい！　早く！」

先頭にいた幸人の腕を引っ張ったが、首をブルブル振りながら後ずさる。

「た、田口先生から、どうぞ」

「い、いや、向井さんから」

「いや、こういう時は一番若手の澄川君でいいんじゃないか？」

「いや、呼びに来たのは桜井課長ですからね」

男四人が先を譲り合っている。

「お、押すなって！」

相談室の三人に押し出されるようにして前に出た桜井からトイレに入り、私と一緒に恐る恐る一番奥の個室を覗き込んだ。

「この声、この配管のほうから聞こえないか？」

と、その時、

『助けて……』

という女の声が聞こえ、次の瞬間、パッとトイレの電灯が消えた。

「「「「ひっ！」」」」

男四人が悲鳴のような声を上げ、トイレの出口に殺到する。

「なに、びびってんの！　八時よ。共用部分の明かりも消える時間でしょ！」

高岡物産では、七時半になるとビル全体の空調が落とされ、八時になると全館の照明が落とされる。それを思い出した後、ふと気づいた。

「そっか。泣き声が聞こえるのは空調が落ちて以降の時間とも言えるわけね。もし、これが空調用の配管だとしたら……」

するとし、向井が、

「空調が止まると女の泣き声が聞こえるのか。それなら、空調を止める時間、もっと遅くしてもらえばいいじゃん。社員全員が退社してから切るとか」

と言い出した。

「そう言われてみれば……」

田口も同意する。男たちの間に、そうしましょうそうしましょう的な空気が流れた。

「けど……」

それでは根本的な解決にならない。空調の雑音で声を聞こえなくしているだけで、声自体はしていることになる。その時、また、

『助けて……』

という声がした。

「ちょっと待って、この声……」

ゾッとしながらも、聞き覚えがある、と思った。

「これ、深沢さんの声じゃない?!」

「「え?　深沢さん?」」

逃げ腰になっていた相談室の三人が私の声に反応した。

「ほら、聞いて!」

奥の個室の前に詰めかけた三人がじっと耳を澄ませる。

『助けて……。出して……。お願い……』

幸人がヒッと悲鳴を上げて腰を抜かしながらも、深沢さんだ、と言う。

「確かに深沢さんの声です。深沢さーん!」

田口が呼びかけるが、やはり返事はなく、泣き声が聞こえるだけだった。

「おーい!」

「おーい!」

向井と桜井が交互に声を掛けるが反応はない。

「深沢さーん!　聞こえるー?」

何度も呼びかけたが返事はない。ただ、その間も泣き声はずっと聞こえている。

「この配管、どこに繋がってるのかしら」

私が呟くと、幸人が立ちあがった。

「ビルの図面、設備管理部にあるはずです!　探してきます!」

幸人が飛び出して行ったあとも、私たちは代わる代わる麗華らしき声の主に呼びかけたが、やはり一方通行だった。

「主任！　ありましたよ！　図面！　勝手に借りてきました」

五分ほどで戻ってきた幸人が、丸めていた大判の図面を廊下に広げた。廊下の照明は落ちているが、辛《かろ》うじて誘導灯の緑色の光で見える。

みんなで額を突きあわせ、精密な設計図を眺めた。

桜井が図面の上をペンで差しながら、

「この配管はやっぱり空調用で、地下室から最上階まで続いてるな……。ただ、この位置にトイレがあるのはこの階だけ。声の発信源は地下の空調機械室かな……」

と、配管の行方を追っていく。

「行きましょう！　すぐに！」

全員がすっくと立ちあがった。

「澄川君。相談室の懐中電灯、あるだけ持ってきて！」

「はい！」

「あと、空調機械室の鍵も！」

「それは守衛室だから、俺が行こう」

向井が守衛室へ向かう。

ふたりが去った後も、じっとしていられず、私は配管に向かって麗華の名前を呼び続けた。

「深沢さーん！」

「深沢さーん！」

十分ほどで人数分の懐中電灯とヘルメットを抱えた幸人が戻ってきた。

「行きましょう」

向井が鍵を持ってきて、全員そろったところで、エレベーターに乗り、地下一階へ降りた。

地下一階には電気室や空調機械室がある。一般社員はふだんはほとんど降りることがない。

——でも、どうしてこんなところから深沢さんの声が……。

真っ暗な通路をそれぞれの持つ懐中電灯で照らす。

「ここだ」

桜井が照らした懐中電灯の明かりがドアの窓ガラスに印字された『空調機械室』の文字を浮かび上がらせる。

クリーム色に塗られた扉。向井が恐る恐る扉の鍵穴にキイを差し込み、かちゃり、と開錠した。

「深沢さーん！　いるのーっ？」

私が叫ぶと、「主任？」と麗華の声が響いた。

その声の主を求め、キョロキョロと空調機械室の中を見渡すが、麗華の姿はない。

「ふ、深沢さん。ここで地縛霊になったんじゃ……」

幸人が引きつった顔になる。

「ここよー！　助けてー！」

今度は大きな声がした。

「どこ？　どこ？」

全員があちこち捜し回るが、見つからない。

「ここでーすっ！」

その声は下から聞こえた。

「え？　この下？」

幸人が自分の足元を見る。そこにはセメントを張った床があるだけだ。

「桜井。もう一回、図面、見せて」

全員で設計図を見ると、空調機械室の下は広い空洞になっている。

「深沢さーん！」

もう一回呼ぶと、ここよー、という声が部屋の隅から聞こえた。

そこを懐中電灯で照らして見ると、マンホールのようにぽっかりと穴が空いている。

「深沢さん！」

のぞきこむと、ようやく麗華の姿が見えた。

「まさか、ここから落ちたの？」

電灯で照らした麗華の顔がコクリと頷いた。

すぐに向井がロープを取りに守衛室へ走った。

「すぐ行くから、待ってなさい！　ほら、澄川君、行って！　降りて、傍へ行って、深沢さんを安心させるのよ！」

一番身の軽そうな人材に声を掛けたのだが、

「む、む、む、無理です。僕、閉所恐怖症なんで」

と拒否する。

「向井さん！」

私に指名された弁護士は、無理無理と首を振る。

「じゃあ、桜井、行って」

「行きたいのはヤマヤマだが、俺の肩幅、この穴に入らないいんじゃないか？」

唯一動じていなかった桜井は体型的に入れそうにない。

「確かに」

最後の候補者である田口に全員の目が集まる。が、どう見てもお腹がつかえそうだ。

「仕方ないわね。私が降りるわ」

私は懐中電灯をポケットに入れ、桜井の手を掴んでなんとか麗華のいる空洞へ降りた。

「主任！」

悲鳴のような声を上げて抱き着いてきた麗華の体は冷たく、最後に見た時より痩せているような気がした。

「もう大丈夫。大丈夫よ」

「主任……！」

震えながら泣いている麗華の髪を撫で、落ち着かせてから、ウェストにロープを巻いて引き揚げた。

「どうしてもっと早くに助けを求めなかったのよ？」

「求めましたよ。でも、昼間はボイラーだか機械だかの音がすごくて、ぜんぜん気づいてもらえなかったんです。その音が消える時はもう無人だし。ほんとに怖かった……」

二日間の恐怖を思い出したかのように、また泣きながらしがみついてくる。

「そもそも、どうしてあんなところにいたのよ？」

幸人が自動販売機で買ってきたスポーツ飲料を飲ませながら、まだ、震えの収まらない麗華に尋ねた。

「主任に疑われて悲しくて……。あのまま相談室に帰るのも癪だったから、ちょっと心配させてやろうと思って地下に隠れたんです。たまたま月に一度の点検でここのドアが開いてて、しばらく空調機械室に潜んで、定時になったら、なにもなかったような顔をして相談室に戻ろうと思ったら、うっかり眠ってしまって、気がついたら真っ暗で。手さぐりで外に出ようとしたらあの穴に……。点検の人が蓋を閉め忘れたみたいで」

「は？　私に思い知らせようとして、こんなことになったって言うの？」

「まー、簡単に言うとそういうことです」

そのとぼけた顔に腹が立って、思わずその頬をパシッと叩いてしまった。

「バカ！」

頬を押さえた麗華が、呆然とした顔で私を見る。

「ひどい！　なにするんですか！　もとはと言えば主任が私を疑ったからじゃないですか！」

激昂する麗華の言葉を幸人が遮った。

「深沢さん。主任は本当に深沢さんのこと心配してたんです。主任、泣いたんですよ？　深沢さんが失踪した後、深沢さんのアンケート見て」

それを聞いて、麗華だけでなく、幸人以外の全員が、

「「「嘘……」」」

と、声を上げた。自分が知らないところで起こった天変地異をたった今知らされたかのような反応だ。なんだか居たたまれない。

「人間なんだから、泣くことぐらいあるでしょ」

開き直ると、麗華がまた大粒の涙をこぼした。

「主任！　心配させてごめんなさい！」

「ほんとにバカよ！　もしかしたら一カ月後の点検まで誰も来なかったかも知れないのよ？」

美容のためにいつも持ち歩いているミネラルウォーターを少しずつ飲んで飢えをしのいでいたという麗華は、それからひとしきり泣いた。

ようやく落ち着いた麗華を、田口と向井がタクシーで夜間救急病院まで送ることになった。二日間、食事をしていない麗華の体調をチェックするためだ。

「じゃ、俺たちも帰るか」

と、桜井がホッとしたような表情で笑う。私もやっと緊張と不安から解き放たれた気分だ。

「そうね。その前に駅前でちょっと飲んじゃう？」

「いいねー」

桜井が乗ってくる。

「じゃ、行こっか」

私が膝についた埃を払って立ちあがると、幸人が抗議するような口調で言った。

「ちょっと待ってくださいよ。なに、ふたりっきりみたいなムードになってるんですか！」

「あ、まだ、いたんだ」

桜井が迷惑そうな口調で言う。

「桜井課長、まさかとは思いますが、主任を狙ってるんじゃないでしょうね？」

幸人が珍しく挑むような態度で桜井に迫る。

「だとしたら？」

桜井は余裕しゃくしゃくだ。

「だとしたら……。今ここであなたを」

「ここで俺をどうする？」

桜井が挑発するような態度で尋ねた。

「今、ここであなたを……ライバル認定します！」

「に、認定してしまうのか、タイマンとかじゃなくて」

桜井の顔が脱力したようになる。

「な、なんなんですか、その言いぐさは。だいたい、その、勝負する前から勝ちを確信してるみたいな態度が気に入りません。主任の涙も見てないくせに」

いきなり恥ずかしい記憶を持ち出されてドキリとした。

「は？　いや、それってたまたま君が深沢さんのアンケートとやらを見せたからなんだろ？　なにが書いてあったのかは知らないけど」

「たまたまじゃありません。主任は僕にだけ心を許してるから、僕の前で涙を流したんです」

くだらない上に恥ずかしい言い争いにうんざりした。

「はいはいはい。その話はもういいから。とりあえず、三人で飲もう！　一件落着したんだから！」

ふたりの男のネクタイをひっぱって、空調機械室を出た。

8

それから数日して。

「アンケートの集計結果が出ましたよー！」

いつものように顔にパックを張りつけた麗華が、プリントアウトしたばかりのOA用紙を相談室のメンバーに配りはじめた。

「とりあえず、表の悩み相談は後回しにして、裏の『理想の上司ランキング』に松坂主任がランクインしてるんですよー。この前のトイレの幽霊事件を解決したことが評価されたみたいで、女子社員からの人気が鰻登りです」

麗華が自分のことのように誇らしげに報告するのを聞いて、他のメンバーも「へえ」と感心したような声を上げる。

相談室の中にほのぼのとした空気が漂った時、いつもはのんびりした口調で喋る梶原室長が、改まった口調で、「松坂君、ちょっと」と、手招きした。

「は、はい」

いつになくかしこまった口調に緊張しながら、室長席の前に立つ。他のメンバーの視線も、何事だろう、とこちらを向いているのがわかる。

「松坂君。もうすぐ営業二課の課長の席が空くんだけど、どう？」

「は？」

レストランでウエイトレスが『窓側のお席が空きましたので移られますか？』と尋ねるような軽いノリに、一瞬、その言葉の意味がわからなかった。

「アメリカ支社で課長級の社員が病気のため長期療養することになりまして、二課長が異動になるようです。候補は他にもいるようですが、一課長の桜井君が君を推薦したみたいですよ。よかったら、僕も上司として推薦しますが」

それを聞いて、人事部の前で桜井に会ったのを思い出した。

「ほんとですか？」

一瞬、色めき立った。が、話がうますぎるような気がして、思わず聞いてしまった。

「でも、他にも候補がいるんですよね？　こういうのって役員決裁ですよね？　室長と桜井が推薦したからって、そう簡単に営業に返り咲けるわけじゃないですよね？　しかも、課長職で、なんて」

たたみかけると、梶原の目が泳いだ。

「えっと……。ええ、まあ」

——やっぱり。

こんな話に乗っかって、後で、他の候補に二課長の席を奪われてガッカリさせられるなんて冗談じゃない。いい笑い者だ。

「私、もうちょっと実績を積んで、上層部の評価を得てからチャレンジします」

私が断ったのを聞いて、背後にいる相談室のメンバーがホッと胸を撫で下ろすような気配。それを背中に感じ、不思議と悪い気はしない。

「そうですか。じゃあ、明日から相談室の室長をお願いします」

「は？」

「僕、今日で定年退職なので」

「ええ⁈」

意外な展開に、絶句してしまった。

だが、この室長の人事だって怪しいものだ。いくら相談室の中の話とはいえ、梶原の一存で決めることなどできるはずがない。

「じゃ、僕はこれで失礼します」

「え？　あ、はい。お疲れ様でした」

ヨレヨレの背広を羽織り、室長の席を立つ梶原を茫然と見る。

「室長、お疲れ様でした！」

麗華が机の下に隠していた花束を抱えて梶原に駆け寄り、みんなが拍手を贈る。

――今日で退職ってこと、みんな、知ってたの？

なんの引き継ぎもせずに相談室を出ていく梶原をぼやっと見ていた。

それからしばらくして、さっき麗華が渡したものよりも、何倍も大きな花束を抱えた幸人の父、澄川常務が相談室に飛び込んできた。

「梶原さん！」

武将のような風体の男は室内をキョロキョロ見回して、ガックリと肩を落とした。どうやら梶原が会社を去った後だということに気づいたようだ。そして、寂し気な顔をして、

「最後まで礼も言わせてくれないなんて、あの人らしい……」

と、諦め顔で笑い、そのまま出ていった。

「まったく、ワケがわからないんだけど」

状況が読めない私の呟きに幸人が答えた。

「父は梶原室長に感謝してるんですよ」

「は？　常務があんな昼行灯に？」

聞き返す私に、幸人が「主任、本当になにも知らないんですか？」とキョトンとしている。

「ここは社員のための相談窓口であると同時に、人材の再生工場みたいな場所でもあるんですよ？」

「人材の再生？」

「はい。梶原室長は人材開発の面で社長から絶大な信頼を寄せられていて、人事権とはいかないまでも、社内人事に関してかなりの発言権を持ってるんです」

「あのネットサーファーが？」

にわかには信じがたい。

「梶原室長の端末は人事部の共有ホルダーと直結してるらしいです」

幸人は真顔で言っている。

「え？　じゃあ、室長がずっと見てたのは人事情報だったたっていうの？」

それなら、他人に見られたくないような素振りも理解できる。

「はい。父も相談室ができた頃、経営企画部でヘマをしてここへ追いやられたんです。けど、梶原室長に能力を認められて、元の部署に戻してもらって、今の地位に登り詰めたんです。今でもその時のことを、それはそれは感謝してて」

──嘘……。ということはさっきの営業二課長の話は打診ではなく、ほぼ決定している話だったわけ？

「マジで？　ヤバい！　発言、取り消さなきゃ！」

私は相談室を飛び出し、梶原の後を追った。が、廊下にはその姿はなく、窓から見下ろすと、既に、会社の正門を出ていくところだった。

「梶原室長～！　待ってー！」

窓を開け、声を振り絞って叫ぶと、梶原はおっとりと振り返って手を振り、会社の敷地を出てしまった。

──マジか……。

運をつかみ損ねた私はガッカリしながら相談室に戻った。

「主任！　いや、室長！　嬉しいです！　これからも一緒に仕事ができて！」

幸人がニコニコしながら駆け寄ってくる。麗華と田口も微笑みながらこちらを見ていた。

机に伏せている向井の寝顔もなんとなく笑っているように見える。――ま、いっか……。

「だからって、私、ずっとここにいる気はないから。一課長の席が空くまでよ！」

口では強がりを言ったものの、なんとなく、ここを離れがたいのも事実だ。

――なにやってんだか。

いつもの席に着いた途端、はあ、と溜め息が出た。

いや、私はいつか、営業二課ではなく、一課に返り咲くのだ。

――アイ・シャル・リターン！

初志貫徹。心の中で高らかに宣言したのと同時に電話が鳴った。

「はい。お悩み相談室、松坂です」

了

あとがき

この度は本作を手にとっていただき、誠にありがとうございます。

ファン文庫様ご創刊の年に、前作となる『空ガール～仕事も恋も乱気流～』を出版していただきましてから二年半あまり。今回、二作目となる物語を上梓させていただけたことを、大変ありがたく、うれしく思います。

さて、ブラック企業が社会問題となる昨今、ひどい会社がある一方で、真剣に社内トラブルに取り組んでいる企業もあります。

社内のパワハラやセクハラ、個人的な借金問題に家族問題。その他諸々、人に言えない悩みを穏便に解決したい。そんな問題を前向きに解決する部署を設けている会社も実は沢山あるのです。

今回は社員の悩み解決に積極的に取り組んでいる企業の社員の方にもお話をお聞きし、参考にさせていただきました。

もちろん、本作はフィクションです。

持ち込まれる相談を解決するのは、つい数日前までバリバリのキャリアウーマンだった松坂紫音と使えない仲間たち。彼らの活躍を、ゆる～く楽しんでいただけたら幸いです。

末筆となりましたが、短期間で新しい画風に挑戦してくださったイラストレーターの庭春樹様、本作に的確なアドバイスをくださった編集の山田様をはじめとするマイナビファン文庫編集部の皆様、そしてこの物語が書籍になるまでの手助けをしてくださったすべての皆様に心より感謝申し上げます。

二〇一九年二月　浅海ユウ

この物語はフィクションです。
実在の人物、団体等とは一切関係ありません。
本書は書き下ろしです。

浅海ユウ先生へのファンレターの宛先

〒101-0003　東京都千代田区一ツ橋2-6-3　一ツ橋ビル2F
マイナビ出版　ファン文庫編集部
「浅海ユウ先生」係

ファン文庫

お悩み相談室の社内事件簿
～会社のトラブルすべて解決いたします～

2019年2月20日　初版第1刷発行

著　者　浅海ユウ
発行者　滝口直樹
編　集　山田香織（株式会社マイナビ出版）
発行所　株式会社マイナビ出版
〒101-0003　東京都千代田区一ツ橋2丁目6番3号　一ツ橋ビル2F
TEL 0480-38-6872（注文専用ダイヤル）
TEL 03-3556-2731（販売部）
TEL 03-3556-2735（編集部）
URL　http://book.mynavi.jp/

イラスト　庭春樹
装　幀　高橋明優＋ベイブリッジ・スタジオ
フォーマット　ベイブリッジ・スタジオ
ＤＴＰ　富宗治
校　正　株式会社鷗来堂
印刷・製本　図書印刷株式会社

ISBN978-4-8399-6896-0
Printed in Japan

Fan
ファン文庫

七まちの刃
堺庖丁ものがたり

舞台は、ものづくりの町・堺。
“あなたの心、研ぎ直します”

代々刃付け職人の一家に生まれた凪。
刃物をただ研ぎ直すだけでなく
持ち主たちの隠された想いも研ぎ直していく——。

著者／遠原嘉乃
イラスト／くっか